司馬遼太郎『翔ぶが如く』読解

西郷隆盛という虚像

土居　豊

関西学院大学出版会

まえがき

『翔ぶが如く』の謎

司馬遼太郎はなぜ西郷が苦手だったか?

本書は、司馬遼太郎『翔ぶが如く』を読み解く試みだ。文庫版全十巻にも及ぶこの大作で、司馬は西郷隆盛をどう解き明かしたのか。

読者の間では失敗作ともいわれる『翔ぶが如く』は、今改めて読むと、現代日本の混迷を見事に予見した傑作だ。

明治十年までに、現在の日本国の仕組みがほぼ出来上がっていただけでなく、今も国が抱える問題点が、この小説の中にすでに指摘されている。

例えば、現代の日本の政治は、なぜ欧米先進国のように民主主義を貫くことが難しいようにみえるのか?

なぜ日本人は政治家に清廉潔白さを求めるのか?

なぜ日本人は、政治を政策でなく政治家の人物によって考えようとするのか?

なぜ日本人は、推定無罪を重要視しないのか?

そもそも、なぜ日本人は「西郷さん」がこんなに好きなのか?

一方、司馬はどういうわけか西郷を苦手としていた。

そもそも、小説『翔ぶが如く』を書き終えたあとがきでも、司馬はなお、西郷は「虚像」だ、と述べているぐらいだ。虚、ということは、書いた作者自身にも、よくわからないということだろうか。

この作品では、最初から最後まで、西郷自身も気づいていた西郷という虚像が歩いている。

（司馬遼太郎『翔ぶが如く』「書きおえて」文春文庫 10巻　304頁）

本書では、司馬が最後まで書きあぐねた西郷という存在の謎を、少しでも解明したい。西郷隆盛と、その終生の友であり最大のライバルともなった大久保利通、この両者を最後まで批判し国の行く末を憂えた木戸孝允。彼ら維新の三傑を軸に、司馬が描いた明治日本の創世記を読み解いていく。

司馬には、本当に西郷がわからなかったのだろうか。それというのも、西郷を主人公として大作『翔ぶが如く』を完成させたはずが、逆に大久保の方を生き生きと描くことに成功したように見える。

司馬の描いた大久保は、企まずして、明治以後の日本国の人格化となった。司馬にとって、現代に続く日本国の象徴的な人物は西郷ではなく、ましてや木戸でもなく、大久保だった。

本書では、司馬が小説に描いた明治初頭の主だった人物を比較しつつ、司馬の考えた西郷隆盛の人物像について掘り下げる。司馬が三傑の最下位に軽んじた木戸孝允、大久保に対抗して独自の正義を貫こうとした江藤新平にも注目して、維新の英傑たちを見つめ直してみたい。

また、最後の二つの章では全体の結論として、司馬遼太郎と三島由紀夫、江藤淳の三者を並べて論じる。それぞれ昭和の文壇・論壇に偉大な足跡を残したこれら三人を通じて、明治国家の捉え方や日本国の行く末について考える手がかりとしたい。

＊　＊　＊

司馬遼太郎は小説『翔ぶが如く』を、西南戦争にいたる明治の内乱を描いた歴史文学としてではなく、空前絶後の政治・思想小説として書いたのではなかろうか。

それというのも、この大長編は、歴史小説としては失敗作だったようなのだ。司馬は、西郷をついに描けなかったのだろうか？　何しろ、大の司馬ファンとして知られた文芸評論家・谷沢永一でさえ、本作についてはは辛口の批判をしている。

西郷を描く大長編歴史小説が失敗だったとして、その原因は、司馬が陽明学を信奉する人物を体質的に苦手としたせいなのかもしれない。陽明学徒として知られた幕末維新関連の人物は、西郷のほか、吉田松陰、高杉晋作、河井継之助、佐久間象山などがいる。他にも、陽明学徒だった大塩平八郎についても、司馬は小説の主人公としては避けて通っている。

司馬が陽明学徒を主人公に描いた結果、残念ながらうまくいかなかった例としては、『跳ぶが如く』の西郷隆盛だけでなく、『世に棲む日日』の吉田松蔭、高杉晋作もそうである。陽明学徒を主人公にした司馬の長編で唯一うまくいったのは、河井継之助を描いた『峠』であろう。

ところで、司馬とは対照的に、陽明学の影響下にあった小説家が三島由紀夫である。自殺した三島由紀夫への追悼文を、司馬はいち早く新聞紙上で発表したが、そこに司馬の文学観がはっきりと読み取れる。

三島氏のさんたんたる死に接し、それがあまりになまなましいために、じつをいうと、こういう文章を書く気がおこらない。ただ、この死に接して精神異常者が異常を発し、かれの死の薄よごれた模倣をするのではないかということをおそれ、ただそれだけの理由のために書く。〈中略〉

三島氏ほどの大きな文学者を、日本史は数すくなくしか持っていないし、後世あるいは最大の存在とするかもしれない。〈中略〉

三島氏の死は、氏はおそらく不満かもしれないが、文学論のカテゴリーにのみとどめられるべきもので、その点、有島武郎、芥川龍之介、太宰治とおなじ系列の、本質はおなじながらただ異常性がもっとも高いというだけの、そういう位置に確固として位置づけられるべきもので、松陰の死とは別系列にある。

（司馬遼太郎『歴史の中の日本』「異常な三島事件に接して」中公文庫　331頁）

この「さんたんたる死」という強烈な表現から、司馬が三島の思想と行動をどのように判断していたかがわかる。司馬は三島の陽明学的な行動を、追悼文の中でさえ認めようとはしなかった。

その一方、司馬と三島との間には、金閣寺をめぐって意外な因縁があった。

三島の代表作の一つ『金閣寺』で描かれた放火事件の際、当時まだ新聞記者だった司馬が、いち早く現場に駆けつけているのだ。金閣寺の住職のコメントをとった最初の記者が、記者時代の司馬だった。同じ題材を描いた水上勉『金閣炎上』には、そのときの様子が書かれている。

市内にある新聞社から記者達が現場へかけつけた。住職村上慈海師は、隠寮の戸を閉じて面会を拒絶した。〈中略〉

当時産経新聞京都支局員だった福田定一とだけ隠寮で会見した。福田定一記者は、のちの司馬遼太郎氏である。司馬さんに当日のことを思い出してもらった記録に一ヵ所気になることがあるので、ここに私のメモをそのまま出す。

「二日の早暁のことはようおぼえとる。ちょうど自分は宿直で、寝とったところをおこされた。金閣が焼けとるいうんで飛んでいったけど、その時はもう縄がはってあって野次馬もいっぱいいやったし、小僧の放火やとわかっておったんで、和尚に面会を申し込むと和尚は会わんという。ところが、三日になって会えた。


（水上勉『金閣炎上』新潮文庫　２３５頁）


このような奇妙な因縁もあったし、もちろん三島の小説を高く評価しながらも、司馬は三島の思想を追悼文においてさえ明確に否定した。

一方、司馬亡きあとの昭和論壇において大きな柱と目された評論家・江藤淳は、司馬とは逆に三島由紀夫を高く評価していた一人だ。その江藤淳が西郷を描いた連作評論『南洲残影』は、司馬遼太郎の『翔ぶが如く』で否定的に描かれた西南戦争と西郷の行動を、真逆の立場から極めて肯定的に描いている。

マルクス主義もアナーキズムもそのあらゆる変種も、近代化論もポストモダニズムも、日本人はかつて「西郷南洲」以上に強力な思想を一度も持ったことがなかった。

（江藤淳『南洲残影』「エピローグ」文藝春秋　２３３頁）

江藤淳が「西郷南洲」を最強の思想と呼ぶ一方、司馬は西郷をついに敗残の姿でしか描けなかった。この落差はあまりに大きい。昭和文壇で大きな位置を占めていた国民作家・司馬が描けない西郷を、論壇の重鎮は最大限の褒め言葉で語った。このような相違があるのはなぜなのか？それを突き詰めると、日本人の精神性における両極端があらわになるのだ。本書の最後の二章ではその点を論じたい。

ところで、「西南戦争とは、陸軍大将・西郷隆盛の反乱か？」といった簡単な疑問でさえ、『翔ぶが如く』が書かれてから随分と時を経た現在にいたってもなお、理解の仕方に大きな隔たりがある。基本的な歴史の事実が、すでに忘れ去られようとしているのかもしれない。

そもそも、陸軍大将・西郷隆盛とは一体どういう存在だったたか？

西郷は西南戦争のとき、陸軍大将という資格で兵を募った。西郷率いる旧薩摩士族は、熊本鎮台をはじめとする正規軍を百姓兵と侮り、一蹴して通るつもりだったようだ。陸軍大将である西郷隆盛に率いられた自分たちこそ、正統な軍だと信じていた。『翔ぶが如く』でもこの認識のズレは描かれているのだが、実のところ、陸軍大将とは何か？ということがわからないまま、この大作を読み終えた人が多いかもしれない。

「先生は、非職の私人ではないか」

樺山は、いった。非職の私人が単身東上するならともかく、一万数千の兵をひきいて東上し、かつ、熊本鎮台に命令をくだすということは、あってよいことかどうか。そのことを、罵るようにしていった。〈中略〉

「その陸軍大将とは、身分というものだ」

樺山は、相手のわかりにくさに手を焼きつつ、いよいよ声を荒らげた。

「そういうことはない」

専使たちも、大声になった。

「陸軍大将は日本国の兵馬の権をもつ者で、西郷先生もそう申されている」

（『翔ぶが如く』8巻　104頁）

薩摩士族たちは、「陸軍大将は日本国の兵馬の権をもつ」のだから、「一万数千の兵をひきいて東上し、かつ、熊本鎮台に命令をくだすということは、あってよいこと」なのだと信じていた。

だが、明治十年当時、日本はすでに近代国家の体裁を形成しつつあり、その軍隊も鎮台という近代陸軍として組織されていた。戊辰戦争時のように泥縄式に軍隊を組織、指揮することはできない仕組みになっていた。とはいえ、そういう近代国家の仕組みというものが、まだ国中に浸透、徹底されていなかったようだ。

だから、西郷隆盛と旧薩摩士族たちがいう陸軍大将のイメージは、明治政府の組織上の陸軍大将とはどうやら別物だった。その結果、明治十年に、「日本国の兵馬の権をもつ者」陸軍大将・西郷隆盛と、近代国家の陸軍とが戦争を開始した。西南戦争とは、近代と前近代が生身でぶつかった事件だったのかもしれない。

◆司馬遼太郎『翔ぶが如く』読解　もくじ

第1章　司馬遼太郎の描いた西郷隆盛

『花神』『竜馬がゆく』など

1　大村益次郎を主人公とした『花神』、その中で描かれた西郷とは

司馬遼太郎は代表作『竜馬がゆく』では英雄的な西郷を描いたが、のちの『翔ぶが如く』での西郷は、まるで別人のような印象だ。司馬が西郷を苦手としていたと考えなければ、この落差は理解できない。

司馬の描いた幕末の西郷は、革命の主役として謀略とクーデターを実行した維新の志士だった。ところが『翔ぶが如く』での明治以後の西郷は、革命を果たしたのち目標を見失って、迷走を繰り返した挙句、旧薩摩士族二万人を道連れに玉砕戦をやってしまう。これは、司馬が好意的に描いた幕末のあの西郷と、同一人物とはとても思えない。

もっとも、幕末の英雄・西郷も、司馬にとっては主人公たりうる人物ではなかったようだ。『竜馬がゆく』に描かれた西郷は、あくまで坂本龍馬の引き立て役になっている。さらに西郷と

相対する人物として、司馬が小説『花神』に描いた村田蔵六（大村益次郎）がいる。司馬が好んだのは、大村のような技術人・近代合理主義者だった。『花神』での西郷は、司馬の大好きな大村益次郎のアンチテーゼとして、明らかにひどく否定的に描かれている。

何しろ『花神』の中で、大村益次郎は「西郷がやがて足利尊氏のごとく政府に反乱を起こす」と予言しているのだ。大村益次郎はのちの西南戦争を戊辰戦争の最中から見抜いており、それに備えて「四ポンド山砲をたくさんつくって大坂に置いておけ」と命じたといわれる。

――西郷は反乱をおこすのではないか。
という疑惑が、維新政府成立の早々から存在した。
とすれば、西郷はいったい何者なのであろう。〈中略〉
その大村が、戊辰戦争終了とともに大坂に陸軍の基地を置いた。理由は、
「いずれ九州から足利尊氏のごとき者が興ってくる。その備えのためである」
ということであった。大村は西郷を先天的な謀叛人とみていた。

大村が、
「足利尊氏のごとき者」

と、明快に西郷を規定し、死のまぎわに遺言までして「四ポンド山砲をたくさんつくって大坂に置いておけ」と西郷の明治十年の反乱を予想したのは、おどろくべきことだが明治二年のことである。

（『翔ぶが如く』2巻　50頁）

史実の西郷は、大村益次郎の見立て通り反乱を起こした。司馬が『花神』や『翔ぶが如く』で描いた西郷は、『竜馬がゆく』における革命の英雄というイメージとは正反対の人物になっている。幕末の西郷と明治以後の西郷とがまるで別人のようなのは、一体なぜか？　小説『花神』を書く中で生じたその疑問を、司馬は『翔ぶが如く』で解き明かそうとしたのかもしれない。

さて、まずは司馬の大好きな大村益次郎と、『花神』に描かれた戊辰戦争時の西郷を比較してみたい。

大村益次郎の天才性を、司馬は『花神』で余すところなく描いた。例えば、ペリーの黒船に似た蒸気船を、見よう見まねでつくってしまうというエピソードがある。その頃、宇和島藩お抱えの身分だった大村は、藩主に命じられて黒船を設計した。

「村田、進んでいるではないか」

とふりかえって叫んだ。が、蔵六は悪いくせが出た。

「進むのは、あたりまえです」

これには、松根もむっとしたらしい。そのほうはなんだ、物の言いざまがわからぬのか、といった。蔵六は松根からみればひどくひややかな表情で、

「あたり前のところまで持ってゆくのが技術というものです」〈中略〉

が、殿さまはおどろいている。

「ペリーの蒸気船に日本じゅうが尻もちをついたのは、わずか三年前だ。三年後のいま、宇和島湾で蒸気船がうごいている」

伊達宗城は、これがアジアにおいてアジア人の手に成った最初の蒸気船だといった。


（司馬遼太郎『花神』新潮文庫上巻　２０７頁）


また大村はその後、西欧の軍事書の翻訳を通じて近代陸軍の仕組みや武器、作戦に精通することになる。長州藩お抱えとなってからは、幕府軍を迎え撃つべくその軍事知識をもとに作戦を立て、四境戦争で長州藩を勝利に導く原動力となった。

長州藩は下関戦争や禁門の変など維新の動乱の渦中で、日本最初の国民兵ともいえる「奇兵隊」などの諸隊を作った。これら諸隊に自ら翻訳した西欧式の用兵術を訓練し、近代陸軍の雛形

として育てたのが大村だった。

長州藩は、四境戦争に際しては当時の最先端の銃器を輸入し、大村によって西欧の用兵術を訓練された諸隊の活躍で、寄り合い世帯の幕府軍に打ち勝った。引き続き、薩長連合を経て倒幕戦を進め、鳥羽伏見の戦いで勝利する。そののち、大村は官軍の指揮官として江戸へおもむき、革命の仕上げとなる戊辰戦争を勝利に導いた。

この時期、桂はひそかに蔵六にむかい、

「幕府と戦って勝てるでしょうか」

と、純軍事的な見解をきいてみた。〈中略〉

「勝てるようにすれば、勝てます」

「どうすればいいでしょう」

と、桂がきいた。

蔵六の返答は簡単であった。

「施条銃を一万梃そろえれば勝てます」

（同中巻　２１５頁）


維新の革命はいわゆる「江戸城開城」というイメージ通り、西郷が官軍を率いて幕軍に勝利したという印象が強いのだが、司馬が『花神』で描いたのは、ずいぶんイメージの異なる成り行きだ。西郷は総大将の位置にいたのだが、戊辰戦争の実際の作戦は全て大村益次郎が立て、江戸城から作戦指揮して、各地の戦線での官軍を短期間に勝利させたという筋書きなのだ。司馬は『花神』での大村を、明治維新の最後の仕上げをした立役者として描いている。司馬のいうところ、大村が戊辰戦争を短期間で終わらせていなければ、明治維新はスムーズに成立しなかっただろうという説である。

軍事面で戊辰戦争を見事に指導した大村に対して、西郷は実際には戦争で役に立たなかったという対比がなされている。西郷派と大村派の対立がのちに大村暗殺につながり、結果的に大村の早すぎる死の原因となってしまうのだ。

歴史学的にそれが正統的な解釈なのかわからないが、司馬は『花神』の中で、西郷を信奉する薩摩藩士の一派が大村を逆恨みして暗殺した、という筋立てにしている。司馬のこのような両者の描き方は、明らかに西郷を大村よりも下に置いている。大村は西郷のシンパに暗殺されるが、のちの西南戦争では、大村が予見して準備させた新政府の鎮台（陸軍）が、旧薩摩士族を兵器の面で上回り、結果的に西郷の敗死へつながる。司馬が『花神』から『翔ぶが如く』にまたがって描いた西郷VS大村の戦いは、最終的に相討ちになっているのだ。

このことと関係があるのかどうかわからないが、「九段・靖国神社の大村益次郎像は上野の西

大村益次郎像（靖国神社）

西郷隆盛像（上野恩賜公園）

郷隆盛像と同じ高さに作られていて、まっすぐに西郷と相対しているのだ」という都市伝説まであるぐらいだ。

靖国神社には、幕末維新における陸軍の創設者として大村益次郎像がある。一方、上野公園の西郷隆盛像は当初、皇居内に建てられるはずが、反乱をおこしたので上野になったといわれている。もっとも、官軍の江戸攻略のとき、上野の寛永寺に立てこもった彰義隊を、西郷は薩摩藩の軍勢を率いて攻撃した。その意味では、西郷像が上野にあるのは場違いではない。

その彰義隊討伐は、実は大村益次郎が作戦を立て、指揮をとって成功させた。大村像のある靖国神社は、もともと戊辰戦争の戦没者を祭るために大村が発案し、招魂社として創られたものだ。

このように、靖国の大村像と上野の西郷像は様々に対照的だ。かたや維新の英雄としての西郷と、倒幕戦争の軍事作戦を仕切った実務家としての大村。士族の代表者としての西郷と、百姓出身で国民皆兵の陸軍を創った大村。あるいは、薩摩代表の西郷と、長州の顔というべき木戸孝允（桂小五郎）が見出した軍事的天才の大村、というように、薩長の対立の象徴としてみることもできるのだ。

2　『竜馬がゆく』の「西郷」像

司馬遼太郎が『竜馬がゆく』で幕末の志士たちを見事に描いたことは、誰しも認めるだろう。それまでの幕末ものは、新撰組にしても鞍馬天狗にしても、雰囲気が殺伐としてユーモアには乏しかった。司馬の生んだ竜馬（史上の坂本龍馬ではなく）は、基本的に殺気立った時代である幕末に、陽気な高笑いと洒脱な洒落気をもって臨んでいる。

小説『竜馬がゆく』は、坂本龍馬の一代記ではあるが、前半は主に青春小説としての明るい場面が多い。小説中に出てくる他の志士たちも、青春を中心に描かれる。西郷隆盛も、小説中に登場するときにはまだ薩摩藩の青年奔走家であり、後年のような重鎮ではない。

余談だが、西郷は、かれのこの時期では、天下国家のことよりも薩摩藩の利害でものをいっている点が、おもしろい。勝や竜馬とのちがいである。勝や竜馬には「日本」を自覚した先覚者の面があるが、西郷はそれよりも以上に現実政治家であった。もっとも薩摩藩の利害計算の役目が、西郷の職務でもあったのだが。

（司馬遼太郎『竜馬がゆく』文春文庫　5巻　145頁）

『竜馬がゆく』の中で、のちの維新の三傑、西郷隆盛、大久保利通、木戸孝允（桂小五郎）の若き姿が描かれるのだが、そこに龍馬が絡む場面が巧みに配置されている。

西郷については、龍馬との出会いを勝海舟がお膳立てし、会った途端、両者とも互いに一目置いたような印象で描かれる。

大久保利通とは、龍馬が薩摩に滞在したことをきっかけに知り合うが、両者とも互いを理解できない様子だった。

木戸孝允とは、桂小五郎時代の若き日に出会っている。出会いの場面は黒船視察のときだったことになっていて、何といっても龍馬が北辰一刀流の代表、桂が神道無念流の代表として剣術試合で対戦する場面が実に面白い。もっとも、どうやらその試合自体が実在していなかった、というのが真相のようだが。

これらの若き日のエピソードを読むと、それぞれに人物の特徴がよく描かれているが、いずれも龍馬の存在感が際立つように読めるのだ。

勝が、数日して、

——西郷をどうみたか。

ときいた。

筆者いう。このくだりを、勝自身の語録から借りよう。

氏（竜馬）いわく、「われはじめて西郷を見る。その人物、茫漠としてとらえどころなし。ちょうど大鐘のごとし。小さく叩けば小さく鳴り、大きく叩けば大きく鳴る」と。

知言なり、と勝は大いに感嘆し、

「評するも人、評せらるるも人」

と、その日記に書きとめた。（同　274頁）

（ふしぎな男だ）

と、竜馬は観察した。

おもしろいのは、そのおなじ西郷が、片方では、顔色もかえずに権謀術数の大芝居をうつということである。極度に大人な部分と、幼児のようなあどけなさが一つの人格に同居している。

西郷の魅力は、この相反するものがこの男の人格のなかでごく自然に同居し、間断なくその二つの顔が出たり消えたりし、さらにそれがきらきらと旋回するような光芒を発するところにあるらしい。これがために薩南の健児が、殿様のためよりむしろ西郷のために命をすてたがっている、という奇現象がうまれるのだろう。

（同６巻　１２２頁）

ここにあるように、『竜馬がゆく』を書いている時点でも、司馬遼太郎には、西郷隆盛の存在がもう一つつかめてはいなかった。

特に、のちの『翔ぶが如く』で問題となる西郷の存在感とカリスマ性について、この『竜馬がゆく』の段階の司馬は、「相反するものがこの男の人格のなかでごく自然に同居」しているところに着目しているにすぎない。

だが、まさに西郷の人格のその二重性こそが、『翔ぶが如く』では問題となっているのだ。幕末までの西郷と、明治以降の西郷がまるで別人格のように司馬にはみえていた。

果たしてこの二重人格のような人物が、旧薩摩士族二万を戦いの中に、それも喜んで死地に赴かせることが可能なものだろうか？

この段階で竜馬は西郷に、

「長州が可哀そうではないか」

と叫ぶようにいった。当夜の竜馬の発言は、ほとんどこのひとことしかない。あとは、西郷を射すように見つめたまま、沈黙したからである。

奇妙といっていい。

これで薩長連合は成立した。

歴史は回転し、時勢はこの夜を境に討幕段階に入った。一介の土佐浪人から出たこのひとことのふしぎさを書こうとして、筆者は、三千枚ちかくの枚数をついやしてきたように思われる。事の成るならぬは、それを言う人間による、ということを、この若者によって筆者は考えようとした。（同　236頁）

ここにあるように、『竜馬がゆく』で司馬が描いた実在の人物・坂本龍馬には、その人格に歴史を回転させる魅力が備わっていたのだと思えてしまう。

ところが、薩長連合の時点での龍馬と同じく、いやそれ以上に『翔ぶが如く』での西郷には、人格的魅力によって多数の旧薩摩士族を死地に飛び込ませる力がなければならない。そうでなければ、西郷を信じて戦い死んでいった士族たちが、まるで愚かだったことになってしまいかねない。

実際、司馬は『翔ぶが如く』では、西南戦争の際の旧薩摩士族たちが愚かだったように書いている。


「半次郎どん、兵を用意せい」

と、どなった。

西郷の顔が、血膨れて真赤になっていた。この巨漢がこれほどの怒気を発した姿を、半次郎はついに生涯みたことがない。

「承った」〈中略〉

「知れたこと」と西郷はいった。

「伏見奉行じゃ。差引は俺がすっど」

差引とは、薩摩独特の軍用術語で、指揮という意味である。

（同　280頁）


もちろん、この場面には大きな誇張がある。西郷がもっとも怒りを発したのは坂本龍馬が襲撃されたときだった、などとは信じがたい。ここで登場している「半次郎」とは、西郷配下の薩摩郷士・中村半次郎、のちの桐野利秋である。『翔ぶが如く』の主要人物でもある桐野利秋は、西郷を常に身近に見てきた存在である。坂本龍馬の襲撃のときなどより、のちの鳥羽伏見の戦いや戊辰戦争、さらには明治政府での征韓論をめぐる政争時にも、西郷が怒気を発する機会はいくらでもあった。

にもかかわらず、司馬がここで西郷を、主人公・龍馬の生命の危機にここまで感情的に反応させたのは、とりもなおさず、この小説の中での西郷が主人公の引き立て役でしかないことを示している。


西郷はいった。

「この表を拝見すると、当然土州から出る尊兄の名が見あたらんが、どぎャンしもしたかの」

「わしの名が？」

竜馬はいった。陸奥が竜馬の顔を観察すると、近視の目をひどくほそめている。意外なことをきくといった表情である。

「わしァ、出ませんぜ」

と、いきなりいった。〈中略〉

竜馬はやおら身を起こした。このさきが、陸奥が終生わすれえぬせりふになった。

「世界の海援隊でもやりましょうかな」

陸奥がのちのちまで人に語ったところによると、このときの竜馬こそ、西郷より二枚も三

枚も大人物のように思われた、という。（同8巻 326頁）

海援隊士・陸奥宗光（伊藤博文内閣の外務大臣）にとって、坂本龍馬は西郷をはるかに凌駕していたのだが、それは龍馬の部下としての贔屓目でしかない。それでも司馬は、ここで主人公・龍馬が西郷と比較してさらに上である、と位置付けている。ここでの西郷は、まさに龍馬の引き立て役をやらされている。

司馬が描いた『竜馬がゆく』では、維新の志士たちはそれぞれの藩の意識を捨てることができなかったことになっている。薩長連合ののち、藩の利益を代表する者たちの中にあって龍馬だけは藩を超えて、「日本」という意識で事態を考えることができた、というお話になっているのだ。そういう龍馬像を、司馬は主人公として創作した。かなりの誇張をしながらも、維新の志士の理想像を描いた。司馬は理想像を引き立てるために、のちの維新の三傑でさえ龍馬より劣るように描いたのだ。

『竜馬がゆく』の段階では、司馬にとって西郷は龍馬よりも格が落ちる認識だった。西郷にとって維新とはあくまで倒幕戦争による方法しかなかった、と司馬は捉えている。龍馬が土佐藩を通じて実現させたとされる大政奉還は、西郷の薩摩藩にとって倒幕の邪魔でしかなかった、という描き方に、西郷の限界が表れている。司馬にとって西郷は、龍馬レベルに到達していなかったというわけだ。

いや、むしろ司馬にとっての西郷とは、維新後でさえ「日本」ではなく薩摩にしか興味がなかった、ということかもしれない。だからこそ『翔ぶが如く』での西郷が、先祖返りをしたような薩摩オンリーの武士のように描かれたのだろうか。結局、司馬にとっての西郷とは、『竜馬がゆく』での薩摩にこだわる西郷のままであり、『翔ぶが如く』での西郷が西南戦争へと失墜していくのも、必然なのかもしれない。

第2章　司馬遼太郎の描いた西郷VS大久保

『翔ぶが如く』など

1　西郷と大久保

小説『翔ぶが如く』は、西南戦争にいたる西郷と大久保の対決を主軸に物語を展開している。海音寺潮五郎の小説『西郷と大久保』など、多くの西郷ものの小説で描かれている両者の関係性を、司馬はどう考えたのだろうか。

まずは『翔ぶが如く』の中での、西郷と大久保の対照的な描写をいくつかみてみよう。

ときどきとほうもない大男が、門のくぐりから出てくる。紋服に羽織袴という姿だったり、薩摩絣の着流しに小さな脇差を一本帯びているという恰好だったりした。関取でもない証拠に頭は丸坊主であった。太い眉の下に闇の中でもぎょろりと光りそうな大目玉をもっていて、見様によっては伝奇小説に出てくる海賊の大頭目のようでもある。

これが、西郷参議であった。

（『翔ぶが如く』1巻　81頁）

西郷には、艶めいた話がない。

わずかにこれがそうかと思われるのは、かれが国分のあたりに猟へゆくときの話である。

〈中略〉

「よかおごじょ」

と、セキのことをいつもほめ、よい娘だから何でも買ってやる、鹿児島へ帰ったら買ってきてやるからほしいものをいえ、といったりした。

（同4巻　19頁）

このように、『翔ぶが如く』の中の西郷は、外見は一般的なイメージとそう変わりはない。この描写では大きな身体に巨大な目玉、着流しに脇差、という姿で、まるで上野の西郷像そのままのような印象だ。

しかも、ここでは西郷を「艶めいた話のない」朴訥な人物として描いている。史実では、西郷には京都に愛人がいたこともあるので、浮いた話がないというのは誇張だが、前述のセキ女とのエピソードは西郷の人柄を彷彿させて興味深い。

豚姫が別れを惜しんで、駕籠のそばをいつまでも離れなかった。豚姫は祇園の茶屋奈良富の仲居で、本名はお虎である。
まるまると肥っていたので、豚姫と綽名されたらしい。西郷は肥った大女がよほど好きだったと見えて、井筒でも体重二十貫（七十五キロ）もある仲居のお末を宴会の席で追いまわした。〈中略〉
豚姫を西郷は寵愛し、二人のあいだがらは当時有名だった。美妓が無数にいた京都で、仲居を愛人にしていた著名士は西郷くらいだろう。

（村松剛『醒めた炎』中公文庫3巻　157頁）

このように、西郷と「豚姫」のエピソードは、他の幕末ものではよく出てくる話なので、司馬がなぜこのエピソードを省略したのか、あるいは恣意的な意図があるようにも思えてくる。
それというのも、『翔ぶが如く』での西郷には、女性を強いて遠ざけようとする描写が多いのだ。もちろん、鹿児島にはイト夫人がいるし、西郷は上記の愛人のほかにも、島流し中に結婚して子をもうけた奄美大島の妻もいた。当時としては普通の武士らしい女性関係があった、といっていいだろう。この点では、実際に女性に近づかなかった吉田松陰の場合とは違うのだ。
それなのに、司馬があえて西郷の女性関係をなさそうに描いたのは、俗世から隠遁する人物として強調したい意図があったのかもしれない。
次に、『翔ぶが如く』に描かれた大久保利通をみてみよう。

「大久保は、あれは薩摩人じゃなか」
というのが、かれをきらう薩摩人が一般に、吐きすてるようにしていう評語である。大久保は薩摩人が共通してもつとされている長所や欠点から独立した人物であった。
かれが薩摩以外の他の日本人からも一般に受けがわるいのは、この民族の情感から程遠い印象をあたえるためかもしれない。その剛愎さは外観としては冷酷の相貌をもち、西洋社会ではしばしば存在する類型であるものの、日本ではほとんど異類のようなあつかいをうけるきらいがあった。

（『翔ぶが如く』2巻　211頁）

旧薩摩藩には、
「郷中」
という青少年団体があった。武家町の町内ごとに、この自治組織がある。〈中略〉
大久保は西郷とおなじ下加治屋町の郷中で育ちながら、郷中頭に推されたことはなく、稚児や青年たちのほうも、格別に大久保を慕うということはなかった。

大久保は、年少のころから「郷中」で超然としていた。冷然としていた、といっていいかもしれない。「郷中」は同じ体温を共有する場であったが、西郷は体温の共有を尊重し、大久保はそれに冷淡であった。

（同6巻　93頁）


このように、司馬が描いた西郷と大久保は全く対照的な人物像だが、これも、他の西郷ものの小説の場合と基本的に変わらない。つまり、司馬遼太郎といえども『翔ぶが如く』を書き始めた時点では、先達たちが描いてきた典型的な西郷と大久保像を継承していた。前章でみた『竜馬がゆく』での西郷も、いかにも日本人に敬愛された大西郷というイメージだった。

もっとも、大久保の方は『竜馬がゆく』で、薩摩の一官僚という人物にとどまっていた。ところが『翔ぶが如く』では、巻が進むにつれて、西郷よりも大久保の方が司馬にとって重要な人物となっていく印象なのだ。『翔ぶが如く』の後半では、大久保が明治国家を体現する人物となっていく。これは、司馬が小説を書いていく中で、徐々に大久保の魅力に開眼していった結果、と考えることもできる。とはいえ、司馬は実は、大久保について小説の最初からすでに高い評価を明確に述べていた。それというのも、のちに明治日本の体現者の一人となる伊藤博文の口を借りて、大久保評を次のように語っているのだ。

余談ながら、伊藤はこの明治初年における若手官僚時代に、明治政府の三大頭目に親炙した。西郷隆盛と大久保利通、それに長州の木戸孝允であった。伊藤は、明治官僚の切れ者たち——たとえば佐賀の大隈重信のような連中——と同様、西郷隆盛という一見愚者のごとく、世評のみいたずらに大きい存在を一種の荷厄介者あつかいにし、さらに木戸という革命の英雄を鬱病的な評論家的存在と見、むしろその両人より大久保を押し立てることによって新国家をつくりあげようとした。（同1巻　70頁）

のちに、明治日本を完成させていく伊藤博文にとっては、維新の三傑の中で大久保が第一の存在だったことがわかる。

小説の最初のうちは、司馬もまだ明確にそう書いてはいないが、伊藤が強く推す大久保の実力を、司馬はもちろん理解した上で、この歴史上の偉人を小説にどう書いていくか、工夫を凝らしたのではなかろうか。

ところで、海音寺潮五郎の『西郷と大久保』に代表されるように、多くの歴史小説では、維新後の西郷VS大久保の対立と別れがドラマティックに描かれている。司馬の場合も、『翔ぶが如く』で描いた征韓論決裂後の西郷と大久保の別れの場面は、とても情感のこもった描写だった。

この二人は幼馴染だが、幕末の活動では別々の場合が多い。それというのも、西郷が薩摩藩の政治の表や裏で活躍するようになるのは、藩主・島津斉彬に見出されてからだ。一方の大久保はもともと、藩の文官としての仕事を早くから始めていた。それに大久保は斉彬の家来としてよりも、次の藩主の後見役・島津久光との縁が深い。西郷は島津斉彬を慕うあまり、旧主亡き後は久光に対して素直に従わなかったという。大久保の方は、むしろ後ろ盾として久光を頼り、薩摩藩の政治舞台で活動するためにその信頼を得た。

倒幕という目的は同じでも、西郷と大久保の行き方はもともと百八十度違っていた。だからこそ西郷と大久保は、それぞれの役割分担を互いに完璧にこなし、陰と陽の二面を担って倒幕への道筋を牽引することができた、ともいえるだろう。

ただ、両者の方法論の違いは維新後、歯車が噛み合わなくなる。西郷の理想の日本と、大久保が現実に形作ろうとした日本のあり方が、正反対になってしまったのだ。

それでも、西郷が明治六年の政変で下野し、東京を去るとき、ただ一人だけ旧友・大久保にいとまを告げた。また、西南戦争勃発の際に、大久保は当初、西郷が軍に担がれていることを信じようとしなかったという。大久保としては、西郷を敵として戦いたくなかったのだ。

この両者のように、幼馴染の友情を抱いたままやむにやまれぬ事情で、一国の歴史を真っ二つに割る内戦を敵味方で戦った例は、珍しいだろう。

明治政府における両者の関係性について、『翔ぶが如く』に登場する主要な薩摩士族の一人、村田新八の見立てを紹介しよう。村田もやはり、西郷・大久保と幼なじみといえるほど付き合いが深かったので、その見立ては確かだといえる。

「西郷、大久保の衝突については、われわれがこれに批評を試みる余地がない」

と、断定した。〈中略〉

新八のこの一言は、卓然としているといえるであろう。大久保派に同じたり、西郷派に奔ったりしたひとびとのなかで、この瞬間の村田新八ほど事態の本質を的確に把握した人物は居なかったか、まれであったといわねばならない。〈中略〉

「西郷をもって日本国の首相にする」

という村田新八の目標は、拍子ぬけするほどに単純なものであったが、しかし現実の状況からみれば奇抜すぎるほどに明晰であった。

（同4巻　193頁）

村田のいうところでは、西郷を日本国首相として推すことで、征韓論決裂以来の明治政府の分裂と混乱は、すっきりと収まるはずだった。

しかし現実は逆で、大久保が実質的に日本の首相の役割を担っていた。西郷の方も、大久保のやり方に従うつもりはなかった。

司馬は『翔ぶが如く』でこの二人の運命を、ほぼ同時に幕引きしてみせる。西郷が西南戦争で自決してほどなく、大久保も暗殺されるので、両者がともに生きた年月は相前後して終わる。

西郷と大久保の二人の死をもって、明治維新のもっとも輝かしい時期もまた終わった、という印象で『翔ぶが如く』は締めくくられる。

ちなみに、西南戦争の最中に維新の三傑の一人である木戸孝允は、西郷・大久保より一足早く病死している。司馬が描いたその後の明治政府は、維新の三傑亡きあと、もう一つ品が下がる人物たちによって、維新の精神や理想といったものが曲げられていく。『翔ぶが如く』の中では、のちに政府を担っていく伊藤博文や山県有朋、西郷従道たちは、西郷・大久保・木戸の三人よりも人物の質やスケールが下がる。

司馬は『翔ぶが如く』の終わりで、幕末以来の志士たちの理想が、明治十年を境に滅びていくことを暗示している。これは、『翔ぶが如く』の前に司馬が書いた『坂の上の雲』での、最後のサムライの生き様と対になっていると思われる。これら両作を合わせて読むと、明治日本の真の姿が明確に理解できるだろう。

2 語り伝えられた「大久保」像

歴史小説の中では、冷血漢のように描かれることの多い大久保利通だが、実際にはそうでもなかったようだ。直接に接した人々の印象を少し、みてみよう。

まず、大久保利通のご子息、牧野伸顕氏の語る思い出である。

西郷さんは実に曠世の豪傑でした。あの人の心事などというものは、到底想像もつかないでしょう。至誠で堅めた人でした。維新の変革では西郷さんも父も、これが第二の足利、織田になるということを大変憂えて、いよいよ大政奉還の上は、これを相当の実力ある人たちに任しておいて、国に帰るつもりであったらしい。実際そうであったに違いなく、西郷はあのとおり、戦争を済ますと国へ帰ってしまった。父などは勉めて他国他藩の人材を遍く網羅しようとしていたことは事実で、その当時の内務省の重だった人々を見ても分かります。藩閥などということは、それより後に起こった事実です。

（佐々木克　監修『大久保利通』「大西郷との交情……牧野伸顕」講談社学術文庫　35頁）

肉親の贔屓目を抜きにしても、西郷と大久保は維新を成し遂げたのち、新しい政府を他の優秀な人材に任せて薩摩へ帰るつもりだったという。牧野氏のいうところでは、西郷が戊辰戦争後に薩摩に帰ったことがその証拠だとのこと。

ということは、これまで謎とされてきた、維新後の西郷の鹿児島隠遁は、本当に自身の栄達ではなく新政府の今後を考えて自ら身を引いた、というのが正しいことになる。

大久保も同じく、新政府の要職には薩摩藩士ではなく他藩の人材をつけようと尽力した、ということだ。

もしそうであれば、維新後の西郷と大久保は、司馬が『竜馬がゆく』で描いた坂本龍馬と同じように、維新後の政府構想に自分の名前をあえて入れなかったのだ。司馬の描いた龍馬が、維新までを自分の仕事だと考えていたように、西郷と大久保もまた、維新までで自分たちの仕事は終わったのだと考えていたことになる。史実の西郷と大久保は、新政府の要職につかない龍馬が理解できず驚いたのを陸奥宗光が痛快がったなどという、『竜馬がゆく』の中での小さな人物ではなさそうだ。『竜馬がゆく』の中では、西郷も大久保も主人公・龍馬の引き立て役に使われた、とみるのが正しいように思われる。

現に十年の役が起こって、一月の末に私学校連が火薬庫を襲ったという電報が到着した時も、父は果たして薩摩の連中が蜂起した、しかし西郷は決して出てはおらぬと言っていまし

た。　　　　　　　　　　　　　　　　　　（同　36頁）

牧野氏の語るところによれば、大久保は西南戦争勃発時、西郷が薩摩軍に加わっていないと信じていた。とすると、『翔ぶが如く』の中でも書かれている西郷暗殺計画の真贋が、いよいよ怪しく思えてくる。果たして本当に大久保は、西郷暗殺を命じたのだろうか？　もしそれが冤罪なら、大久保が西南戦争を起こすきっかけを作ったのではなく、何者かの陰謀か、ことの行き違いによる旧薩摩士族の暴発だったことになる。そうであれば、一体、西郷はなぜ薩摩士族たちの暴発を止めなかったのだろう？

また西南戦争直前、明治政府が薩摩説得のため海軍中将・川村純義を派遣したが西郷と会えなかった。その顛末も、牧野氏が語っている。西郷が川村に会いに行こうとすると薩摩士族・辺見十郎太が西郷を殺して自分も死ぬと息巻いて、西郷もそれを抑えかねてついに出かけられなくなった、という。

これが本当なら、『翔ぶが如く』で描かれた同じ場面とは事情が違っている。いずれにしても、西郷が西南戦争を起こしたというよりも、西郷は若い旧薩摩士族たちに事実上身柄を拉致されたのだろう。

御維新の際には戦争はいつも西郷がやった。兵を出す時は大西郷がいつもその衝に当たって、大久保さんは帷幕の人であった。しかるに、佐賀の戦乱のときは自ら進んで平定に出かけられた。〈中略〉

その時の大久保公の沈勇には愕いてしまった。ウムと一言いったと思ったら、ドスンと一足踏みしめて、弾丸の降る中を平気で歩き出した。馬は廃めて歩いた。〈中略〉時々足元や耳の辺へポッーンポッーンと弾丸が来るのではなはだ心持ちは悪いが、大久保公は平気なものであった。

（同「佐賀陣中の公……米田虎雄」134頁）

『翔ぶが如く』の中では、大久保を臆病者と評する西郷に同調した薩摩士族たちが、大久保を臆病者扱いする場面がある。しかし実際には、大久保は肝のすわった人物であることがこの証言から伝わってくる。

大久保のこの場合と似たような肝のすわり方として、（薩摩士族でのちに日本警察の生みの親となる）川路利良の挿話が『翔ぶが如く』に出てくる。司馬の描くところによると、川路は戊辰戦争で受けた股ぐらの銃創について語り、もしおびえていたら睾丸が縮み上がっていて性器をそっくりやられていたが、睾丸がだらんと下がっていたので袋の上がちょっと切れただけだった、というような諧謔をこめた話を語っている。大久保も川路も、いざという時の胆力が、やはり常人とは違っていたのだろう。

大久保、西郷両雄の心事が終始相照らしていた証拠というのは、大久保公があの兇変の時に、ポケットに二通の書状を入れておられた。これは御維新の前に西郷翁が神戸かどこかにおる時分、大久保公に送った手紙で、三丈もある長い手紙じゃ。〈中略〉西郷翁の恨みじゃという兇徒の刀で倒れた公の血が、その翁の手紙を染めたのじゃ。

（同「西郷・大久保両雄の心事……高島鞆之助」188頁）

これもよく知られた話で、大久保が暗殺されたときちょうど西郷の手紙を持っていた、というものだ。西南戦争を敵味方に分かれて戦ったのちも、大久保は最後まで、西郷のことを心の友と思っていた証拠だとされている。もしそうであれば、大久保にとって、西南戦争は生涯の痛恨事だっただろう。前述したように、西南戦争の引き金となった西郷暗殺計画に、大久保が関わっていなかったとしたら、大久保にとって旧薩摩士族の蜂起は完全な誤算だったことになる。あるいは、薩摩士族が暴発しても西郷本人はその軍に加わらない、と信じていたのかもしれない。結果的に、大久保としては、ぬかったと言わざるを得ない。

同じ薩摩士族出身でありながら、独特の若衆制度である郷中について、大久保は不覚にも十分認識していなかったことになる。前述のように、大久保は、西郷と違って郷中頭に推されたことがなく、この若衆組織がいかに強固な結びつきであるかについて、甘く見ていたのかもしれない。明治六年の政変後、郷中組織を雛形として鹿児島県で私学校が生まれ、西郷を奉って戦争を起こしていくという事態の進行が、大久保には想像できなかったのだろう。

西郷は早くにえらばれて下加治屋町の郷中頭になったが、よほど評判がよかったらしく、二十をすぎても下の者がやめさせてくれず、異例なことに二十四歳というトウの立った年齢になるまでつとめていた。このことは西郷の西郷的人格の形成と政治力とそれに生涯の運命にかかわりがあったかと思える。

西郷は幕末の風雲期に、京都で革命外交を旋回させていたころ、その幕僚のほとんどは自分が郷中頭だったころの下加治屋町の旧二才たちだった。西郷にすればかれらなら気心が知れているし、安んじて追い使うこともできたのであろう。

維新が成立すると、それらの旧二才衆が新政府の官僚になり、明治六年に西郷が征韓論にやぶれて鹿児島に帰山したときも、ともに辞職はしなかった。むしろ他の方限の出身者が西郷を慕って下野した。

やがて西郷とかれらが、鹿児島士族の二才衆を組織して在校一万余人という私学校をおこすが、私学校組織は巨細に見ると、もとの郷中組織であるにすぎない。

（司馬遼太郎『街道をゆく8　熊野・古座街道、種子島みち　ほか』朝日文庫　65頁）

ところで、大久保が暗殺されるにいたる原因の一つに、大久保と西郷の共通の後輩である、旧薩摩士族・黒田清隆の存在があったという。

よく知られているように、黒田は戊辰戦争で頭角を現し、北海道開拓長官として北海道の振興に貢献、クラーク博士を招聘したのもその功績だった。

大警視川路利良が黒田夫人の墓所を掘って棺内をあらためたのは、西郷の死後である。と同時に大久保の権力が、ならぶものがないまでの勢威をもって確立したときであった。西郷の死は、民間の敗北を決定づけた。自由民権勢力をふくむあらゆる民間の思想群が西郷の勝利にその希望を寄せたのだが結局は官が勝ち、官が独走しうる軌道が成立したばかりであった。〈中略〉

大久保構想の政府権力は川路の一言ですくわれたのだが、この検視ほど、日本の近代史での奇怪な事件はない。事はすぐ世間に洩れた。

「国法は大臣に及ばずとなればすでに暗黒国家である」

贈右大臣大久保公哀悼碑
（清水谷公園）

という悲憤の声が民間壮士のあいだで満ち、もはや西郷という強大な在野勢力が消滅し、新聞も弾圧される以上、この専制政治にブレーキをかける方法は刺客による暗殺しかなかった。

明治十一年五月十四日に大久保が紀尾井坂で刺客の襲撃に遭って落命するのは、直接の誘因はこの黒田夫人の怪死事件にある。下手人島田一郎の斬奸状にもそのことが書きあげられているのである。

黒田は、結果としてはかれが師としてあおいだ西郷と大久保をともに殺したということになる。

（『翔ぶが如く』3巻　101頁）

このように黒田の妻殺害事件は、まるで大久保と西郷の対立の決着をつけたようなものだった。実際のところ、この事件の顛末は、小説『翔ぶが如く』の結末にもってきてもいいぐらい、重い意味をもっている。

つまり、一つには西郷の敗死が、明治日本の民間発の思想を潰えさせたことだ。もう一つは、大久保の目指した政府が、文字通りの暗黒国家だったかもしれないことだ。「国法は大臣に及ばずとなればすでに暗黒国家である」との憤慨は、専制国家の恐ろしさを表現して余りある。実のところ、この暗黒国家のイメージに、現代の日本が近づいているような気配が年々増してきている。政権に近いものであれば法に裁かれることを免れる、という噂が、いくつかの事件についてささやかれている。だとすれば現代日本もまた、大久保の目指した暗黒国家の一つの実現になりつつあるのかもしれない。

ともあれ、大久保による有司専制国家の確立に、西郷と大久保両方の薫陶を受けた薩摩士族・川路が手を貸したというなら、まるで因縁話のようだ。これが事実であったなら、歴史の皮肉としか言いようがない。

3　司馬の描いた大久保利通

同時代人が語ったような人間味あふれる大久保像とは違い、司馬遼太郎の描いた大久保は極めて厳しい人物という印象だ。特に『翔ぶが如く』の中では、西郷をはじめとして政府に反乱を起こす人物たちを追いつめる役どころで、とりわけ冷酷な側面が強調される。

また一方で司馬による大久保は、おそらく他の作家の描いたイメージよりカリスマ性が数段上の印象だ。特に大久保がもっとも活躍するのは、台湾出兵の失敗ののち北京に直接乗り込んで、清の高官を相手に一歩も引かず交渉を戦わせるエピソードだ。

司馬は、『翔ぶが如く』の台湾出兵の場面で、対清交渉をあくまで粘り勝ちにもっていった大久保の胆力を、よほど気に入ったのだと思う。

そもそも、日本人は民族性のせいなのか、粘り強い交渉や虚々実々の駆け引きというのが苦手なようだ。明治以降、対外交渉で粘り勝ちした例というのはあまりないだろう。

もともと、台湾出兵は日本側が全く理不尽な動機で一方的に仕掛けた外征だった。清から譲歩を引き出せたのは、大久保の並々ならぬ執念による成果としか思えない。台湾出兵の交渉と、その前の佐賀の乱鎮圧、そして西南戦争の勝利は、大久保の性格の果断さを証拠立てる例だ。西郷や薩摩藩士の一部がいうような、臆病者などでは決してないということがわかるだろう。

台湾出兵のとき、大久保はなぜこれをよしとしたのか？　西郷があれほど主張した征韓論も、大久保は外征に予算がないという理由で、一歩も引かず反対したというのに。その理由は、西郷が鹿児島に帰ってしまったのち、旧薩摩士族たちが政府に対し反乱を起こすのではないか、という恐れがますます高まっていたことにある。薩摩士族の鬱憤の矛先を外征へ向けることで、エネルギーを発散させようという狙いだったのだ。

そうであれば、それはほとんど征韓論と変わらないともいえる。それなのになぜ、大久保はあえて外征に踏み切ったのか不思議だ。

けれど、この外征を西郷隆盛の弟・従道が指揮することになったのをみても、目的は旧薩摩士族の矛先を政府以外の方向へそらすこと、というのは明白なようだ。事実、兄・隆盛の方も、台湾出兵を聞いて大いによしとしたというのだから、結局はそういう意図だったのだろう。

こうなると、実際のところ、征韓論が本当に大久保と西郷の対立の原因だったのか、そのことについても疑問に思えてくる。

その点については次章にまわすとして、ここではまず、台湾出兵の後始末を自らつけた大久保の活躍ぶりをみておきたい。

台湾出兵が行き詰まった難局を解決すべく、大久保利通は自ら清国との交渉に乗り出し、政府の全権を預かって北京に向かった。その交渉ぶりは、かつての幕末時代、倒幕の陰謀を京都でめぐらした大久保の本領発揮というべきものだった。

司馬の描くところ、大久保の見事な交渉ぶりは、清国の役人や大臣の度肝を抜いたようだ。

大久保は盃をとりあげるよりも、いきなり質問に入ったのである。その内容、語気は、詰

問といってよかった。〈中略〉
清国側は、宴会のつもりであったため事務官を部屋に入れていない。別室にいるかれらをよびにゆかねばならず、書類をとりよせねばならず、騒然となった。
——周章ノ体、実可笑（じつにわらふべし）。
と、大久保は日記に書いているから、かれはこの酒宴でいきなり交渉に入ったのはあながち無知による不作法ではなく、意図したものであったらしい。

（『翔ぶが如く』5巻　92頁）


だが、大久保が日本の立場を主張しても、清国側は全く理解を示さず、交渉は平行線のまま第二回目まで過ぎていった。

続く第三回で、大久保は本来なら決裂するはずの交渉を、さらに粘って継続にもっていく。そのしぶとい交渉ぶりは、幕末の倒幕活動で公卿たちを巧みに操った陰謀家の面目躍如だった。

元来、大久保は無口な男といわれてきたが、この談判の席上でのかれはとほうもなく弁論家といってよかった。

談判は、両者の主張するところ、平行線をたどったままである。

第三回談判においては、ときに両者のあいだに激語が交されたりした。〈中略〉が、大久保の粘着力は、元来常人ばなれしたもので、清国は、払いのけようとしても歯を食いこませて離れない小動物に食いつかれたような観がないでもない。
大久保は、第三次談判を了えるにあたって、ふたたび二ヵ条の質問書を相手側にあずけたのである。相手側としては、それを検討せざるをえず、このため次回を約束せざるをえなかった。
(同　111頁)

さすがの大久保もこの第三回の結果、交渉決裂を覚悟して、清国相手の戦争を日本政府に準備させるよう手配もしていた。だが、それでも、開戦を覚悟の上でさらに捨て身の交渉を試みる。このあたりの呼吸も、鳥羽伏見の戦いを主導した大久保ならでは、というべきだろう。鳥羽伏見の際も、薩長側は十中八九、幕府軍に負けると思われていた。だが、それでも捨て身のような交戦を仕掛ける中、薩摩側は公家に決断を迫って、錦の御旗を薩長側に出させることに同意させたのだった。それと似たようなぎりぎりの段階に、北京での大久保は追い詰められていた。

が、大久保はもう一度、この談判を浮上させねばならない。かれは若いころから、何度か、万策尽きたところへ自分が追いこまれるという切所の体験をかさねてきた。そのときは息をひそめて沈黙しているか、それとも、やぶれかぶれの一手に出れば自分をとり巻く状況の一角が崩れ、なんとか道が通ずる、ということを知るようになった。このたびは、後者をとろうと思った。

何でもいい。

もう一度、文書を書くことである。内容は、極端にいえばどうでもよかった。格調のきわめて高い文章をつくって、相手の心を動かすことであった。（同　１２９頁）

この経過の中で、大久保の狙い通りか否かは不明ながら、英国公使ウェードが日本と清国の仲介を買って出る。英国としては、清が正しかろうが日本が正しかろうがどちらでもよく、もっとも困るのは極東で戦乱が勃発することだった。だから、見るに見かねて公使自身が仲介に乗り出そうという気になったのだ。大久保が並みの人物なら、渡りに船、とこの話に乗るところだろう。だが、大久保はこのぎりぎりの段階でなおも、日本側から仲介を依頼するのではなく、日本側の言い分を正しいとして粘る。あくまで英国側から仲介を言い出させるように、あの手この手で英国側を焦らしていくのだ。このあたりの交渉の手際は、まさに見事としか言いようがない。生まれついてのネゴシエーターというべき巧みさだ。

ウェードは大久保を応接室に請じ入れ、給仕人に紅茶を出させた。ウェード自身が、

「レモンがよろしいか、それともミルクになさるか」

と問うた。大久保は低く、レモン、と答えた。レモンであれミルクであれ、紅茶を好まぬ大久保にとってどちらでもいい。〈中略〉

ウェードにすれば、大久保がともすればわかりきった抽象的言辞を多く用いて煙幕を張るためじれったくなったのであろう。露骨にいえば、

――賠償金が出れば撤退するのか。そうとすれば、いくら欲しいのだ。

と、ウェードはききたい。ウェードの立場からいうと、それさえ聞けば調停に乗りだすことができる。

が、大久保の立場からすれば、それを言ってしまえばみもふたもなくなるのである。


（同　141頁）

このウェードとの対面の場面でも、司馬遼太郎は小説の筆の冴えを見せつけている。外交関係の難しい交渉場面に、紅茶についてのやり取りをさりげなく挟んでいるのがうまい。大久保が紅茶を好まないという描写で、その質素で無趣味な人柄を自然に浮かび上がらせているのだ。

さて、その後の交渉の流れは、ついに大久保が台湾出兵の交渉を成功裡に終わらせるところ

で、この長大な小説中の一つの見せ場だといえる。

大久保は、ながながと喋った。

かれの議論は筆記録からみると、法律的論理を縦横に駆使しているあたり、一流の司法家のような観がある。要するに、日本が台湾の蕃民を懲らすために使った経費は莫大で、清国はこれを償う義務がある、というのである。

清国側は、これを原則的に了承した。一転してここに至ったのは、ウェードの裏面における斡旋の効果とみなければならない。（同　151頁）

大久保のこの交渉の成功を、司馬は最大級の褒め言葉で描いている。このあたりを読むと、『翔ぶが如く』の主役は、西郷隆盛ではなく大久保利通だったとも思えてくるほどだ。実際、司馬の筆は西郷を描くときには難渋するのに、大久保を描くときには実に楽しげに、生き生きと筆が進んでいるように思える。

大久保はこの長期にわたる外交交渉のあいだ、柳原公使をわずかに使っただけで、双方の事務官同士による下交渉という方法を用いなかった。

かれはみずから交渉の現場へゆき、みずから交渉した。その点では、相手の本営と自分の本営との正面衝突のくりかえしという、苛烈としか言いようのないことをやってのけた。余談ながら、意外なことは、大久保の漢文読解力が、高かったことである。
大久保は無学、ということをかれはよくひとに言われた。〈中略〉
「自分は無学者であるから」
と、しきりに言っていたことは、過度の謙遜さだったといえるかもしれない。ふりかえっておもえば、大久保という男は、もともと自分を衒うというところが皆無という、その意味ではまれな男だったのではないか。（同　161頁）

大久保の成功の大きさは、ほとんど奇術師の演出かと思えるほどに、信じがたいほどのものだった。〈中略〉
大久保が北京を発ったのは、十一月一日である。その前日に、調印を終えた。〈中略〉
大久保はねばりにねばって、五十日という長い日数をついやしてしまい、すでに華北の天は冬を迎えてしまっている。大久保としても感無量であったであろう。（同　174頁）

思うに、この台湾出兵は、明治日本の行った最大の愚行だったかもしれない。結局、本来の目的だったはずの、旧薩摩士族の鬱憤を発散させることはできず、現地の台湾先住民・高砂族を無益に殺戮しただけだった。

しかも、日本側は戦闘での被害よりも、病気の蔓延による死者の方が多かったという体たらくだった。結果的に、大久保の粘り強い交渉により清国から賠償金をとることには成功した。その面では、日本の国家としての体面は保つことができたのだろう。しかしその対価は大きく、政治的にも軍事的にも日本政府の弱体ぶりを内外に晒してしまった。対外的に無様だったことで、旧薩摩士族をはじめとする不平士族にますます侮られることになった。台湾出兵の顛末は、不平士族たちに政府軍など簡単に撃破できる、と信じこませてしまう結果となった。

もし台湾出兵時の日本軍が、まともな軍隊として作戦実行できるレベルであれば、出兵に参加した旧士族の中に、政府軍侮りがたし、との印象が生まれただろう。そうであったら、のちに簡単に暴発することはなかったかもしれない。

特に明治十年、いよいよ西南戦争に踏み出す際、薩摩軍の会議では政府軍のことを完全に格下扱いしていた。その遠因は、台湾出兵時のだらしなさを、旧薩摩士族たちが身をもって体験したことにあったかもしれない。

第3章 司馬遼太郎の「征韓論」観

江藤新平の目指した正義

1 征韓論とは

『翔ぶが如く』を読むとき、もっともわかりにくいのは征韓論についてのことではあるまいか。この単純な外征論が、どうして明治政府の分裂へとつながったのか？ 西郷と大久保の決別の原因ともなった政策論争をたどってみよう。

そもそも、征韓論と聞いても現代の我々には、ピンとこないだろう。かろうじて、高校の日本史で習ったことを思い出すかもしれない。その無謀な外征策をめぐって、明治初頭の新政府の大立者たちが、真っ二つに割れて争った。

もともと、この外征論は幕末の時点から語られていた。西郷にとっては、主君の島津斉彬が唱えた説ということで馴染みの議論だった。

「日本は孤立します。いわゆる唇亡びて歯寒く、シナ大陸の危機は日本の危機でもあります。日本はどうすればよろしいでしょう」

と、斉彬は春嶽に質問した。春嶽は地図の前にうずくまるのみで答えられなかった。

「ただ一つの法しかありませぬ」

と、斉彬はおどろくべきことを言いだしたのである。機先を制しなければなりませぬ、シナに兵を送るのです、といった。

「ただし目的は侵略にあらず、列強の蚕食からの領土保全にあります」

以下、斉彬はのちに佐賀の鍋島閑叟あたりまでその信徒にさせた有名なアジア政策をのべた。

近畿、東海、東山、中国の諸藩はシナ本部にむかって入るべし、九州、四国の諸藩は安南交趾（ベトナム地方）方面にむかって進出し、北陸奥羽の諸藩は満州に入り、漢民族にかわってシナ大陸を守るのです、といった。


（『翔ぶが如く』1巻　310頁）

この議論は、幕末から明治初頭にかけて、日本の対外政策の底流にずっと残っていたと思われる。その議論を引き継いだ西郷が、新政府内で外征を論じたとすれば、自然な流れだったのかもしれない。

一方、大久保にとっては征韓論など愚論だというのだが、大久保も幕末、島津斉彬の外征論を知らなかったはずはない。本心では、どう考えていたのだろうか。実際、前章でみたように大久保自身、西郷従道とともに、薩摩士族の血気を散らせるべく台湾出兵を企んだのだ。

あるいは大久保も、一時期、征韓論もやむなしと思ったのだろうか。それでも政府の財政を考えると到底無理だ、と判断したのだろうか。

この征韓論の賛否には、純粋な国防論ではなく、新政府の要人達の相克が色濃く影を落としている。ちなみに、明治六年の時点では最後まで征韓論に反対し続けた木戸孝允も、明治初期には征韓論を唱えたことがあったのだ。

司馬が『翔ぶが如く』に描いた征韓論の論争は、西郷派と大久保派という新政府内の派閥争いの様相が濃い。司馬は小説中で薩摩藩内部の抗争という印象を強く打ち出している。事実、木戸は太政官の長州代表として征韓論の議論に参加することが薩長の分裂につながることをおそれ、会議を欠席する方を選ぶ。

あえて歴史にifを持ち込んで、この太政官の審議で長州代表格の木戸が真っ向から西郷に反対し、大久保を支持していたなら、と考えるのも面白い。そうなれば、西郷派に立っていた他の参議たちも、考えを改めて大久保に味方したかもしれない。太政官の中での西郷派というのは、薩摩人だけで占められていたのではないからだ。むしろ江藤、福島、板垣といった肥前、土佐の参議たちが西郷を支持し、薩摩の大久保一人が孤立しているという様相だった。

もしそうなっていたら、西郷が下野するという明治六年の政変は回避できたかもしれないが、逆に、木戸の恐れたように薩長が割れて、政府瓦解につながるという結果も、もちろんありうる。

さて、ここでもう一人注目すべきなのは、西郷支持にまわっていた佐賀出身の代表格、江藤新平の存在だ。

明治六年の政変では、大久保を倒すことを第一目的としていた江藤新平が、政略上、征韓論賛成派についたという事情もあった。

明治新政府の権力関係は、薩摩と長州のバランスで成り立っていた。その薩長の牙城を突き崩して、新政府の実権を握ろうとする江藤新平の野望を、司馬は『翔ぶが如く』で印象的に描いている。江藤が大久保を敵視する理由が単なる権力欲ではなく、新国家建設の理想の違いにあるという点を、司馬は強調している。

江藤が理想とした新国家の設計図は、大久保の目指す新政府のやり方と真っ向から対立していた。それというのも、この二人以外に新しい国の設計図を持ち合わせていなかったという見方を、司馬はとっている。これは、歴史学的に正しい捉え方なのかどうかわからない。いずれにせよ、江藤が新国家建設に情熱を傾ける様子を、実に生き生きと書いているところをみると、司馬は江藤に相当思い入れがあるようだ。

この長大な歴史小説の第一巻は、前半、旧薩摩士族の川路利良の目線で進行する場面が多い。川路は当時、江藤新平の率いる司法省の幹部であり、新政府の警察組織設立の任を担って、欧州視察団に加わってパリに赴く。

パリにおける視察団の様子を川路の視点からみた描写は、実に興味深い。明治維新直後の日本人というのが、欧州でどのようにみられていたのかがよくわかる。川路自身は、フランスの警察組織の研究をするためにパリの町中を連日ひたすら歩き回り、その経験からナポレオン時代の警察大臣ジョゼフ・フーシェを尊敬するようになった。日本に帰国後、さっそくフーシェに倣って警察組織を創設し、東京警視庁を立ち上げる。

帰国後の川路の目からみた新政府内部の様相が、小説中に巧みに描かれるが、特に興味深いのは、川路が江藤司法卿に欧州の警察事情を報告する場面だ。

川路は、江藤が考えていた司法省直属の警察ではなく、フランス仕込みの内務省管轄の行政警察プランをもってきた。それを江藤は差し止めようとする。江藤の本意は、彼自身の担当する司法省に警察権を集中し、政敵である大久保の内務省に警察を渡さないようにしたい、というところにあった。

だが、川路は江藤の野望を見抜いており、結局は大久保の内務省のもとで首都警察の設立を進めることになる。

（なにぶん江藤司法卿はああいう人だ。大久保さんを監視し、わずかな不正でも見つければ、見つけ次第警察を動かして追捕し、新法の示すところによって処断するにちがいない）

川路にとってこれは戦慄的な想像であった。逆に大久保が警察をにぎったと仮定しても、おなじことである。大久保は江藤に対してそれをやるに相違なかった。大げさにいえば、いま江藤国家が誕生するか、大久保国家が誕生するか、そのいずれかのカギを川路がにぎっているといってよかった。

（同　64頁）

結果的に、佐賀の乱で敗北した江藤新平は、大久保の素早い対応によって逮捕される。しかも、政府から臨時に軍の統帥権や行政、司法の権限まで委任されるようにした大久保により、現地の佐賀での簡易な裁判で裁かれることになる。形だけの裁判の結果、江藤は断首・梟首という江戸期のような刑で処刑されてしまった。。司馬が『翔ぶが如く』で描いた江藤VS大久保の政争は、川路の予想通り江藤の敗死であっけなく決着したのだ。

見逃せないのは、この江藤と大久保の政争が新国家の警察組織の問題だけでなく、征韓論の帰趨に大きく影響したことである。

もう一つ、歴史のifを考えてみよう。もし江藤が大久保を敵視せず、冷静に大久保側について征韓論反対に与していたら、太政官での論議は全く違った結果になったかもしれない。

征韓論が政争となった当時、江藤は司法卿として明治国家の法律全般を日夜、翻訳しながら作っている最中だった。本来、渡欧してさらに法律を研究してくる予定だったのだ。もし征韓論によって江藤が政府から下野せず、そのまま法律を作っていたなら、佐賀の乱の首魁として担がれることもなかっただろうし、刑死することもなかった。

むしろ、たとえ大久保主導の政府であれ、その後の国家作りに大いに貢献していたかもしれない。大久保が独裁的に作りつつあったプロイセン仕込みの新政府ではなく、江藤によるフランス流の司法が部分的にでも取り入れられたとすれば、明治国家の様相はずいぶんと違ったものになっただろう。

「新国家は、内務省から誕生する」

というのが大久保の信念であり、この信念は同時に、内務省の管轄下の警視庁をつくることに没頭している川路の信念でもあった。

そういう川路にとっては征韓論などはおよそ愚論であり、その決裂による西郷の下野などは迷惑しごくな事態であった。

川路はこの時代の薩摩士族にしては、尋常な男ではない。尋常でなさのひとつは、西郷の下野にともなっての自分の進退をどうするかについては、一瞬といえどもゆるがなかったことである。自分は辞めない、と決意した。

そう決意しただけでなく、かれの配下にいる二千人の薩摩系ポリスに対しても、

「郷党のことは私事のみ。ポリスは国家を背負うものであることを思い、進退をあやまるなかれ」

と、おもだつ幹部をあつめて諭し、かれらをしてその直接の配下に自分の言葉を徹底させることを要求した。

（おれはこのために殺されるかもしれない）

という覚悟もできていた。

（同3巻　188頁）

このように、大久保は岩倉使節団でプロイセン流の国家組織に大いに感銘を受け、その原動力となるべき内務省の構想を得た。もともとは江藤司法卿の部下である川路も、大久保の内務省に賛同し、その手足となって内務省管轄の行政警察を作り上げていく。

川路は、西郷によって旧薩摩藩の郷士階級から特に抜擢され、新政府の警察を作るよう命じられた。だが、結果的には征韓論で下野する西郷に従わず、元の上司である江藤新平をも見限り、

大久保の元で警察の創設者となった。それだけでなく、のちの西南戦争では警察官を臨時に兵士として動員し、西郷軍を討伐すべく戦場に出陣まですることになる。

川路の作り上げた明治初期の警察組織は、結果的にはナポレオン時代のフランスの理想を体現するものではなくなってしまう。それどころか、プロイセン流の大久保構想による、有司専制国家を守るための暴力組織として機能していった。そのもっとも顕著な現れ方が、前に引用した黒田清隆夫人殺害の隠蔽工作であり、国家権力によって大臣が司法から守られるという、暗黒国家の手助けを川路はしていくことになる。

2　太政官分裂——それぞれの立場と動き

明治新政府を担う太政官参議や各省の卿の面々は、それぞれが幕末以来の錚々たる人物たちだ。大立者たちが真っ二つに割れたのが、明治六年の政変と呼ばれる征韓論の政争だが、今から振り返ると、どうして対立しなければならなかったのか理解に苦しむ。

そこで、主だった参議・卿たちの征韓論への姿勢を、まとめておきたい。

太政官は、太政大臣・三条実美と右大臣・岩倉具視の下で、参議八人により構成されている。このときの参議は、薩摩出身は西郷隆盛、大久保利通。肥前出身は副島種臣、大木喬任、江藤新平、大隈重信。土佐は板垣退助、後藤象二郎。さらに長州の木戸孝允は欠席したが、明確に反・征韓論を公言していた。

参議たちの中で、薩摩の西郷隆盛と大久保利通がそれぞれ、征韓論派と反対派の首領のような立場だった。

賛成派は副島・江藤、板垣であり、反対派は、欠席の木戸孝允がそうであるほかは大久保の影響下にいる大隈で、残りはいわば中立だといえる。これなら、単純に多数決ならば、反対派が中立の面々を取り込んで征韓論を否決するのも可能に思える。

けれどこの時期の太政官は、のちの国会とは違って多数決原則ではなかった。太政大臣・三条と右大臣・岩倉のいずれも征韓論反対だから、この二人が征韓論を否決と決めれば済む、という話でもなかった。なぜなら、公卿出身のこの両名は新政府の中で、維新の三傑をはじめ有力者が代表する雄藩の後見によって、政治力を保証されている形だった。

新政府の政治的な力関係は、薩摩と長州のパワーバランスにあったのだが、こと征韓論をめぐっては、大久保を支持する外遊組と、西郷を支持する居残り組に分かれていたといえる。

明治六年の政変について司馬が『翔ぶが如く』に描いたのは、西郷と大久保の対決図式だが、現在の歴史学ではこれに否定的な見方が定説のようだ。

以下、その解説をいくつか紹介しておく。

従来、この政変は「征韓論政変」と呼ばれたが、著者は、先入観を取り去って事件の経過を客観的に調べ直してみたところ、征韓の是非は真の争点でなく、政変の原因でもなかったことを発見した。征韓論云々は、政変の勝利者が自己の解りにくい行動を事後的に正当化するために案出したデマゴギーである。〈中略〉
江藤が言いたかったのは、戦争準備のための使節延期論は論理的に破綻しているから、西郷派遣を遅らせる理由にならないということであろう。したがって、このとき江藤が征韓論を主張したとみなすのは完全な誤解である。
（毛利敏彦『江藤新平　急進的改革者の悲劇　増補版』中公新書　185頁）

このように、江藤新平が西郷の味方をして征韓論を主張した、というのは実は誤りだった、というのだ。征韓論の是非が争点ではなかった、という説であるが、この通りなら、何も西郷と大久保は対立することはなかったのかもしれない。それなのに、様々な政府内の権力争いの過程で、征韓論を一つのきっかけとして政争が起こった、ということなのだろうか。

その後各地で士族の反乱が起きる。そのピークが、明治一〇年の西南戦争である。（毛利敏彦『明治六年政変』、姜範錫『征韓論政変』）。

これらの難事を切り抜けた大久保は、政権は確立できたものの、最後は袂を分かって西郷を失い、木戸もその西郷の死の直前に病死し、大久保自身、明治一一年、石川県士族島田一郎らの手にかかり暗殺されてしまう。ここで三傑がリードする一時代が終わったことになる。しかし、その後下野した参議によって自由民権運動が澎湃として起こってくる。しかし大久保―伊藤のラインによる新しい憲法の制定といったものが、この自由民権を否定する形で出てきた。そして日本型の立憲君主制が欽定憲法として制定されていく。そして明治二三年の国会開設に至るということで、正に明治六年の政変は蘇峰の言うとおり維新史の山であった。

（小島慶三『戊辰戦争から西南戦争へ　明治維新を考える』中公新書　１４４頁）

この説明によると、征韓論がきっかけだったとしても、大久保は西郷とは決別する以外になかったようだ。大久保としては、西郷を失っても、自身の政権を確立し、明治政府の体制を整備する方を優先したということだろうか。

前章でみたように、大久保が征韓論のミニチュア版というべき台湾出兵を主導したことからも、大久保は征韓論の発想自体には反対ではなかった。問題だったのは実施のタイミングであり、単に政争の理由付けだったのかもしれない。

いずれが正しいかはわからないのだが、結果的には、征韓論をめぐる明治六年の政変が、西郷と大久保の永別につながったことは事実である。そうであれば、司馬の描いた西郷VS大久保の対決構図は、大きくいえば正しかったといえるだろう。

そうして、江藤もまた、新国家構想をめぐる大久保との対決構図の中で、自ら墓穴を掘って敗れていくことになる。

3　司馬の描く江藤新平 ――征韓論から佐賀の乱まで

今となっては、江藤新平という人は明治初期に司法卿・参議として辣腕を振るったものの、佐賀の乱であっけなく敗死した人物、という地味な扱いでしかないようだ。なにしろ他の維新の元勲たちと違って、肥前出身の江藤は幕末、藩主・鍋島閑叟の厳格な方針のために、尊王攘夷や倒幕活動に一切関わることができなかった。そのせいで江藤が歴史の舞台に登場するのは維新後からであり、しかも佐賀の乱で敗死するまでほんの数年しかない。江藤の歴史上の活動期間は、実に短いのだ。そのわりには、活動の充実ぶりは他の元勲たちを圧倒している。新政府の司法省を立ち上げ、新しい国家の法律をほとんど一人で作り上げていったのだ。フランスの法律書からの翻訳ばかりとはいえ、いち早く欧米の先進的な法制度を明治国家にもたらそうとした気概は、維新の志士たちに全く負けていないといっていい。

そういうところを気に入ったのか、司馬はこの特異なキャラクターをもつ人物を、大いに買っていたようだ。その証拠に、江藤新平を主人公として長編を一つ書いている。その小説『歳月』で司馬が描いた江藤新平は、正義のみを信じて精力的に活動し、その正義のゆえにあっけなく敗北する人物像として印象的に描かれている。

『翔ぶが如く』においても、小説の前半では江藤の動きが物語の大きな部分を担っている。江藤の存在は新政府の中でも、国家の青写真を明確にもっている点で大きな存在感があった。

かれらの任務は英仏独における司法制度の調査にあり、早くいえば各国の制度上の長所をそのままごっそり持って帰って日本の司法および警察制度を改革するところにあった。〈中略〉

江藤は後発する。その予定であった。しかし江藤はこのとしの春、

「大日本は法治国なり」

と宣言して拙速ながら箕作麟祥などにフランス法典を翻訳させて大いそぎで司法制度をつくりつつあったため、渡欧が不可能になった。このことは江藤の運命を決定した。かれは今春司法卿に就任、翌明治六年職をなげうつ。同七年佐賀ノ乱をおこして刑殺される。江藤が

このとき欧州へ行っておれば運命は変わったかもしれない。

（『翔ぶが如く』1巻　20頁）

司馬が二つの長編で描き出した江藤新平の人物像は、小説『関ヶ原』における石田三成と共通する部分が多い。司馬は歴史上の人間の一典型として、三成や江藤という正義に憑かれた人間に、大いに興味を引かれたのだろう。

それというのも、司馬が『関ヶ原』（一九六六年）『歳月』（一九六九年）を書いていた当時、日本でも世界でも学生運動が盛んで、正義が声高に語られていた。同時代の世界的な思想潮流が、小説『関ヶ原』や『歳月』に何がしか影響したとしてもおかしくはない。観念的な正義を信じて行動し、正義に殉じていく人間像を、司馬は現実社会の事象で見聞きしつつ、歴史上にその類例を探して、石田三成と江藤新平という異色の武士たちに目をつけたのかもしれない。

江藤新平が司法卿であった期間はみじかかった。その就任は明治五年四月で、翌六年十月には辞職してしまい、在任わずか一年半にすぎない。が、この時期において江藤の司法省が放った光芒というのは、よほど鮮烈なものでなかったかとおもわれる。〈中略〉

江藤は、幕末における志士歴がほとんどない。かれの佐賀藩がそれを禁じていたからであり、江藤はこの藩禁を破ったために慶応末年まで受刑中であった。維新とともに藩代表のひとりとして政界ににわかに登場し、そのあと多年の鬱積が一時にほとばしるような勢いで仕事をした。そういうせいもあって、かれは維新を革命としてうけとる上でたれよりも初々しく、この時期のどの大官よりも革命家らしい男であったといえる。（同3巻　197頁）

『翔ぶが如く』で描かれた江藤新平は、史実よりも矯激な印象を与える。冷静さよりも感情の激しさを強調されている。特に大久保利通へのライバル心、競争心が嵩じた挙句の憎悪のすごさは、怨念のようなイメージで描かれている。

しかしそれも仕方のないことで、江藤の内心には新政府を建設しようとする情熱が溢れていた。自らの手で新国家の司法制度を作ろうとし、ほとんど完成しかけていたのだ。

司法制度の調査のために部下たちを先に渡欧させたのだが、江藤自身も後発で渡欧する予定だった。そのぐらい、司法制度作りの仕事に熱中していた。

江藤が法律を作るやり方というのは、欧米の法規を部下に翻訳させて、そのエッセンスを江藤自ら取捨選択して法体系を作り上げる、という手法だった。これも歴史のifだが、江藤による新政府の法体系が完成していれば、彼が参考としたナポレオン法典に並ぶ偉業となったかもしれない。

ところが、欧州視察から帰還した部下の川路利良による報告で、欧米での警察は司法省ではなく内務省の管轄だと聞き、江藤は素直に肯んじ得なかった。よりにもよって最大のライバル・大久保が作ろうとしている内務省に警察を渡すことの危険を、江藤は十分わかっていた。

江藤の考えでは、大久保は内務省によって新国家を壟断しようとしている。その構想を許せば新国家は薩摩閥の牛耳るままとなる、という前提に立って江藤は現実をみていた。自身が考えた薩摩の陰謀という色眼鏡で、新政府のあり方を判断していった。江藤にとっては、現状の薩長派閥による政府の専有ぶりが耐えがたく、何としても自身の構想をもって新国家を作りたかったのだ。政府の勢力図の中で、江藤は薩摩閥を長州閥よりも敵視した。その理由は、江藤自身が次のように語っている。


　もっとも、江藤といえども佐賀県士族の反乱だけで大久保の天下がくずれるとはおもっていない。薩摩が立ちあがらねば物にならぬことは知っている。

　江藤がその身辺の者に語っていた言葉に、

「長人（長州人）は利口で、とてもだませない。その点、薩人は愚鈍だから、だませる」

というのがある。

（同4巻　23頁）

この江藤の考えは、江藤だけではなく、同じ肥前出身の大隈重信にもあった。大隈の方は、江藤よりもさらに露骨に薩摩閥を敵視していたようだ。

大隈は自分の才略に陶酔するところがあり、かつその人間への価値観は単純で才略があるかないかで他人の値うちを見切ってしまうところがあった。

大隈は、

「西郷というのはよほどの阿呆だ」

としんからおもっており、終生そういう見方を変えなかった。この場合の阿呆とは愛嬌のある人格的まるさをいうことばではなく、知能的な低能のことである。

こういう才略主義というか、機鋒の鋭さを誇るという癖は、大隈だけでなく肥前佐賀という旧幕以来秀才偏重主義の方針をとってきたその藩出身者の通癖であったともいえる。参議・司法卿の江藤新平にも大隈とそっくりの癖があった。

（同1巻　154頁）

西郷を騙して政府に向かって起たせしめ、薩摩の軍事力で長州を倒させるという権謀術策を、江藤は考えていたらしい。けれど、そんな離れ業を実行するには、江藤の場合、自身の政治力が全く足りなかった。結果的に、大久保の策に乗せられて佐賀の乱を起こす羽目に陥り、江藤の方が逆に大久保によって処刑されることとなる。

大隈の場合は、江藤の轍を踏まなかった。大隈は早くから大久保に認められ、大蔵省で大久保の部下として国家作りを手助けしていた。大隈には、江藤よりも権力掌握のための政治的才覚が備わっていたのだろう。

江藤の方は、権謀術策を弄するにはあまりに正直すぎた。異常なまでの正義感の強さといい、まっすぐな行動力といい、その性質は司法官としては最適だった。しかし、政治家として一国を作り率いていく器量ではなかったということだろう。

そういう資質は、まさしく司馬の描いた石田三成の人物像に似ている。正義漢・石田三成を主人公として『関ヶ原』を書いたように、司馬は江藤新平を長編小説『歳月』で主役として描いた。司馬にとっては、現実世界の事情にウブすぎるが正義感のままにまっすぐ突っ走る行動家、というのが意外に好みだったに違いない。

そのような正義漢タイプの対極にあるのが、木戸孝允のような根っからの政治家タイプの人間だといえる。

司馬は、明治の群像の中でも特に江藤新平を主人公に取り上げて、長編小説を書いているのに、維新の三傑の一人である木戸には低い評価しか与えなかった。その理由は案外、司馬の正義漢好みが理由なのかもしれない。

佐賀の乱が起こってからの江藤の運命は、罠にはまり込んでいく悲劇的人物そのものだ。司馬は小説の中で、江藤の悲劇を格調高く描き、江藤を刑死させた大久保の方を非情な冷血漢として描いている。

江藤が佐賀から脱出して鹿児島に向かい、西郷を頼った場面は『翔ぶが如く』の中でも白眉というべき感動的な場面だ。

西郷は江藤を送った。

指宿の浜まで、ほそい野道を歩きつつ送ったのである。途中、道の狭いところでは両人は前後して歩き、道が広くなると、肩をならべて歩いた。

西郷の山のような肩のかげで、小男の江藤が歩いているのだが、江藤自身になお凜としたものがみなぎっていて、およそ敗将らしいところはない。

(この佐賀人も、ひとかどの仁である)

と、西郷はゆるやかな感動をもってそれを思った。

「賊徒巨魁の者は、梟首」

と、江藤が西郷に見送られて歩いているこの三月二日に、すでに佐賀旧城下に入った大久保は、そのように処分方針を決定している。江藤の身のゆくすえは、さらし首である。げん

に、そうなった。〈中略〉
西郷はそこまで面倒を見た以上、鰻温泉へひきあげるべきであったが、
「俺《おい》も、泊めて賜《たも》らんか」
と高崎にたのんで、その夜、江藤と一緒にこの湯治場でとまった。
江藤の悲惨な運命に対する西郷の心の傷みが、そのようなかたちで出ているのである。
（同4巻　66頁）

西郷は、もともと新政府への反乱を否定し、鹿児島県士族が大久保憎しで反乱に立ち上がることを恐れていた。軽挙妄動させないように、桐野や篠原に士族たちを抑えさせて、自身は神輿に担がれることのないよう行方をくらましていたほどだった。

事前に江藤から決起を呼びかけられても、西郷ははっきり否定している。そこに、ことに敗れた江藤が協力を求めてやって来た。そのときも西郷は、いかに江藤の助命を図るかを考え忠告した。西郷は、そのぐらい江藤の運命を見通していた。

しかし、江藤はあくまで再起を図るべく西郷を説得に来たのであり、両者は激しい議論を繰り返したという。結局、西郷は江藤の希望に乗らなかったのだが、最後まで江藤の先行きを気遣い、薩摩から無事に脱出するまで付き添った。このあたり、西郷の醸し出す風韻はいかにも仁者

というべきで、敗将を包み込むような優しさで見送っている。小説中では、西郷は江藤と肩を並べて歩きながら、悲劇の敗将の凛とした風情に感心しており、西郷といえどもこの正義漢の生き様に感銘を覚えたように描かれている。

この場面での江藤の佇まいは、司馬が『関ヶ原』に描いた、関ヶ原合戦後の石田三成の姿と重なってみえる。ことに敗れてもあくまで再起を目指し軽々に自決を考えない執念、あくまで自身の正義を信じる強靭な精神という特徴が、『関ヶ原』の三成にも『翔ぶが如く』の江藤にも共通してみられる。佐賀の乱ののちの江藤新平は、司馬が好んだ正義漢の典型だといえよう。

佐賀の乱の経過

		江藤たちの動き	政府の動き
明治7年	1月	13日 江藤は離京。横浜から汽船で伊万里へ。嬉野温泉に滞在、佐賀の状況をうかがう。	14日 岩倉具視暗殺未遂事件。
		25、26日ごろ 江藤は佐賀に入る。	28日 大久保は岩村高俊を佐賀権令に任命して、派遣した。
	2月	2日 江藤は長崎に移動。郊外の深堀で静養、船遊び。	4日 陸軍省は熊本鎮台に佐賀への出兵を命令。

			10日	政府は大久保に鎮圧のための軍事・刑罰の全権を与える。
	11日	島義勇は長崎に上陸、江藤と面談。		
	12日	江藤は佐賀入りし、征韓党のリーダーに。		
	14日	島は憂国党のリーダーに。		
			15日	岩村権令は鎮台兵三三〇名を率いて佐賀に上陸、旧・佐賀城内の県庁に入った。戦闘となり、政府側は脱出する。
			19日	大久保は博多に上陸し、鎮圧の本営を設けた。政府は佐賀の征討令を布告。
			20日	野津鎮雄少将の率いる政府軍は佐賀に進撃。
			22日	朝日山で佐賀軍の防衛線を突破。
	23日	江藤は征韓党を解散。鹿児島へ脱出。		
3月	1日	宇奈木温泉で江藤は西郷と面談。		
	28日	江藤、土佐にて捕縛される。		
4月	7日	江藤、佐賀に移送される。		
	13日	江藤、処刑。（断首の上、晒し首）		

（毛利敏彦『江藤新平』を参考に構成）

第4章 司馬遼太郎はどうして桂小五郎（木戸孝允）が嫌い？

1 長州藩の代表格・桂小五郎

『竜馬がゆく』『翔ぶが如く』に描かれる桂小五郎（のちの木戸孝允）は、維新の三傑の中でもっとも精彩を欠いている。司馬遼太郎が一貫して桂を低く評価するのはなぜなのか？

司馬の幕末ものの中でも、桂（木戸）は必ず登場する。だが、そのことごとくがマイナス面を強調されているのは、よほどのことだと言わざるを得ない。主役として描かれた短編「逃げの小五郎」（司馬遼太郎『幕末』所収）でさえ、もう一つパッとしない印象なのだ。

特に『翔ぶが如く』の中では、維新の三傑の一人でありながら木戸は常に西郷・大久保の後塵を拝している。司馬は木戸を評して「暗い」「評論家的」「火の粉をかぶる覚悟に欠ける」などと、まるで維新の志士にあるまじき人物であるかのように評している。

だが、一般的に維新の立役者・桂小五郎といえば、新撰組と渡り合い、坂本龍馬とともに京都・祇園を駆けめぐり、美女と浮名を流す美男子ヒーローのイメージだったはず。桂（木戸）は本当に司馬の描くような情けない人物だったのだろうか。それというのも、次章で詳しく参照する村松剛『醒めた炎　木戸孝允』では、司馬の描く「暗い」「評論家的」木戸像ではなく、維新の三傑の中でもっとも資質の優れた木戸像が描かれているのだ。
一体、本当の木戸孝允は、どんな人物だったのだろうか。

木戸は、あくまでも書生気質を維持している。
このあたりが滑稽で、木戸は本来の性格からいえば非書生的であり、うまれついてのオトナという面が濃厚であった。たとえば血気に逸らず、言論に断定を用いず、いかなる場合も逃げ道を考え、行動は慎重で、考えぬいた上でなお行動しないことが多かった。いわば、性格としては長者の資質があり、頭目にもなりうる。しかし現実の木戸はそういう形態をとらず、書生でありつづけている。〈中略〉
本来、木戸は頭目にふさわしい性格のアイマイさをもつくせに、やむなく自己を書生であろうと規定し、長州のなかにあってせいぜい兄貴分としての位置を見出し、その位置にふさわしい自己をつくりあげてしまっている。

（『翔ぶが如く』1巻　226頁）

神道無念流練兵館跡
（靖国神社）

このように司馬の描く木戸は、西郷のような英雄ではなく、また大久保のように仕事に殉じるほどの執念ももたない、慎重すぎる人物のようだ。

とはいえ、司馬が『竜馬がゆく』に描いた若き桂（木戸）は冴えないイメージばかりではない。小説中の桂は、主役の坂本龍馬よりも先んじて倒幕の活動に身を捧げている俊英、という描かれ方であり、龍馬を維新の志士として目覚めさせる役割も果たしている。おそらくこれは、『竜馬がゆく』の頃の司馬が、まだ時代小説の書き方をしていたためではないか。そのために、桂のイメージも時代小説中の剣豪だったのだろう。

また、同時期に書かれた司馬遼太郎『燃えよ剣』には、近藤勇の天然理心流道場に、試合の助っ人として桂小五郎が招聘される場面がある。おそらく史実にはないだろうが、垢抜けない近藤の道場に、天下の神道無念流道場の塾頭として颯爽と現れる桂の、ハイレベルな剣豪ぶりがいかにもかっこよく描かれている。

このように、司馬作品でも幕末ものに必ず登場する桂小五郎だが、それもそのはずで、維新の志士中、西郷とともにもっとも志士歴が長い。桂は長州藩の筋目のいい武士であり、若くして江戸で剣術修行をしていた。ペリーの黒船来航時には、幕臣・江川太郎左衛門の指導のもと、藩の若手として海防策に直接対応している。龍馬が当時まだ、部屋住みの一介の剣術修行中だったのに比べて、よほど先を行っていた。

また維新の三傑の中でも、西郷は黒船当時まだ藩主・島津斉彬の身分の低い家臣に過ぎなかったし、大久保も若手の藩士であるに過ぎなかった。桂は、明治以降、新政府を担った要人の中で、もっとも志士歴の長い一人だったのだ。

三権分立と地方自治の確立とを、廟堂でだれよりも熱心に主張したのは木戸である。「人民のための政府」ということばが、彼の日記、書簡のなかにはくりかえし出て来る。

思想家としての体質が濃厚だっただけに、維新成立後の日本の現実をまえにしたときの挫折感や焦慮の念もまた強烈だった。彼はいくども辞任をねがい出て、明治七年にはついに山口に帰っている。

実務家の大久保が、そのひきもどしに苦労するのである。鹿児島にこもった西郷といい、三人の「革命家」はそれぞれべつの意味で孤独な男たちだった。

（『醒めた炎　木戸孝允』1巻　116頁）

どうやら史実の木戸孝允は、司馬の描く桂（木戸）よりもずっと英雄的で、颯爽としていたようだ。少なくとも維新から明治政府成立後まで、長州を代表する政治家だったことは間違いない。それなのに司馬の描く木戸は、なぜパッとしない人物として描かれるのだろうか。

司馬の描いた木戸は、西郷にも大久保にも比肩し得ないどころか、たまたま長州藩の中で兄貴分として代表に出ざるを得なかった人物、といった印象だ。才気において高杉晋作に遠く及ばず、軍事においては大村益次郎に劣り、交渉力においても後輩の伊藤博文に遠く及ばない、というような描き方をされている。これでは、司馬の中では維新の三傑など全くあり得ない評価だということになる。

司馬が幕末から明治初めにかけて、政治家として高く評価しているのは、薩摩では西郷・大久保のほか多士済々で、長州ではまず高杉晋作、そして伊藤博文だ。佐賀の江藤新平や大隈重信でさえ、木戸よりも上のような印象を受ける。さすがに土佐の板垣退助や後藤象二郎については、司馬も木戸より人物が落ちるように描いているのだが。

司馬が好んだ志士のイメージは、やはり正義漢か情熱家か、あるいは清濁併せ呑む巨大な人物像なのだろう。木戸のイメージは、司馬にとってはあまりに現実家でありすぎ、調整役でありすぎ、理想家肌でありすぎるということなのだろうか。

余談ながら、先年、桂が潜居していた兵庫県の但馬地方を歩き、出石町の通りをいそいでいるとき、妙に懐かしさをそそる家があった。〈中略〉

そのついでに興がおこり、桂の潜居先を一つずつたずねてみた。出石の昌念寺の境内にも入ってみたし、城崎にも行ってみた。城崎ではいまはTという温泉宿になっている。桂の当時は、小さな百姓家で、副業として自炊の湯治客を泊めていた。その百姓家は小柄な後家と色の黒いしかし目の切れの長い娘が一人というさびしい家で、その娘は桂というえたいの知れぬ町人風の男の身のまわりの世話をするうちに想いがただならなくなったのであろう、やがてみごもった。結局は流産してしまったが、いまは代もかわっているT屋の主人が、惜しいことでした、木戸さんは晩年実子がございませんでしたからね、といった。

筆者が桂という人物に多少の関心をもつのは、この但馬流亡中、この英雄的生涯を送った男が、例の憂鬱病がこうじ、夜中ひとりで泣き、まるで小児が母親に訴えるように、甚助・直蔵兄弟に対していることである。

（『花神』中巻　１７６頁）

だが、ここに奇妙な矛盾がある。司馬が木戸を批判的に書く場合、「評論家」的という評価をくだしていることが多々ある。「現実に火の粉をかぶりたがらない」という責め方もしている。

ところが実際には木戸は、「評論家」どころか、幕末以来常に政治の表舞台で交渉や調整を担ってきた人物だ。引用のように、司馬自身も、幕末の桂（木戸）が禁門の変ののち、厳戒態勢をかいくぐって京都を脱出した逃亡劇のことを、現地に取材している。その生き様を、司馬も英雄的、と書いているではないか。

史実の木戸は、明治維新後、新政府の理想を民主主義に求め、三権分立を強く主張し、大久保流の有司専制には否定的だった。

各藩が兵隊の力をかりて「區々政刑（行政司法）」をほどこしたなら、「その害ふたたび決して抜くべからず」と木戸はいう。封建制度の撤廃という「革命」断行の上申は、維新史上これが最初である。

版籍奉還とそれに続く廃藩置県とは、木戸の生涯において、最大の業績だったと思われる。上書をうけとった三條は岩倉と相談し、ことがらの重大さからこれをしばらく秘しておくことにした。

——版籍奉還が二月に行なわれていたら、東北もあれまでには戦わなかったろう。

木戸はのちに、そういって残念がっている。

（『醒めた炎　木戸孝充』3巻　176頁）

おそらく、司馬が描かなかった木戸の真の姿とは、現実的な政治家としての外面と、理想家の内面が一人の中で両立している、奇跡のような人物だったのではなかろうか。それを司馬はなぜ、奇妙に印象を変えて描くのだろうか。司馬には、桂（木戸）が気に入らない何か深い理由があるのかもしれない。維新の三傑の中でも西郷とはあらゆる点で対照的である桂（木戸）を、司馬が評価しないということは、その真逆の存在である西郷をもっと高く評価していてもおかしくない。それなのに、司馬は西郷についても、桂（木戸）ほどではないが、低めの評価をくだしている。司馬がこの三人中もっとも高く評価している大久保と、西郷、木戸の差はどこにあるのだろうか。もう少し詳しく、司馬の描いた桂（木戸）のことを掘り下げてみたい。

2　司馬の描く桂（木戸）

司馬作品の中では優柔不断な人物として描かれる桂小五郎（木戸孝允）だが、史実の姿はずいぶん違っていたようだ。しかし司馬にとって桂（木戸）は、西郷や大久保と比べてどうにも劣ってみえるらしい。それどころか坂本龍馬や、同じ長州の高杉晋作と比べてもパッとしないようだ。特に『竜馬がゆく』での桂の描き方は、坂本龍馬の引き立て役でしかない。

もっとも、さすがに小説で初めて桂が登場する場面では、貴公子然とした青年武士の姿として描いている。

「坂本さんと申されましたな」

小五郎は竜馬の顔をみつめた。

もともと思慮ぶかい男なのである。むしろ思慮ぶかすぎて暗さがあるほどの男だが、このときだけはひどくあかるい表情になった。

「長州陣地のこと、教えてさしあげます」〈中略〉

「ああ、そのことなら、この絵図一枚を見てもらえばよくわかる」

小五郎は、ふところから地図をとりだして竜馬の前にひろげた。

三浦半島を中心にした相州の地図である。南は城ケ島から浦賀、横須賀、長浦湾、平潟湾などがひと目でみえる。江戸湾、浦賀水道のあたりは波が彩色されてえがかれ、こんど再渡航してきた米国艦隊がうかんでいる。しかもおどろいたことに沿岸の水深まで書き入れられているのである。

「みごとな絵図だ。海の深さまで測量してあるような絵図をみたことがない」

「そのはずだ。いま日本で、これ一つしかないのだから」

「たれが、実測したのだろう」

「私だ」

と小五郎は無造作にいった。

（『竜馬がゆく』1巻　197頁）

竜馬はもともと感心癖のある男だが、この桂小五郎には肚の底から感心してしまった。

なんという男であろう。一介の剣術諸生のくせに、この男は韮山代官江川太郎左衛門について洋式測量の方法をまなび、学びながら相模、武蔵、伊豆の海岸をつぶさに踏査して、海防地図までこしらえているのである。〈中略〉

小五郎は測量の結果、得た感想を、自分の殿様である毛利大膳大夫に手紙で書き送っているのだ。小五郎の趣旨は、いまの藩の組織を洋式軍隊に改造する以外に洋夷の侵略から日本を守ることができないというものであった。

（同　208頁）

ここでの桂は、大器晩成である坂本龍馬とは対照的に、早咲きの俊才として颯爽と登場する。こういう桂の姿は、実は史実にほぼ準じている。実際に、桂は長州藩の若手武士として江戸剣術道場中三本の指に入る神道無念流の塾頭であり、また江川太郎左衛門の海防技術指導も受けている。桂は小説中に登場した時点で、坂本龍馬など比較にならないほどの英才だったのだ。だが小説が進むにつれ、遅咲きの龍馬の方が、桂よりも大人物になっていく。

龍馬との最初の出会い以来、長らく桂は小説中に出て来ない。やがて年月が過ぎて、龍馬が歴史の中で活躍する薩長同盟の交渉の前になって、桂は今度は、長州藩の重鎮として再登場する。ところが、ここでの司馬は、長州藩の重鎮となったはずの桂をずいぶんと低い評価で描いている。

もともと桂小五郎というのは、一種晦渋な心情のもちぬしで、性格はからりとしていない。熟慮をこのみ、考えぬいたあげくなにも行動しない、ということがあるし、感情の根がふかく、激発しないかわりに恨みを心奥にのこす、ということが多い。かれはときたまたま、この激動する藩でかれの右に出る者は高杉以外になかったために藩の運命をになう革命政治家になったが、平時ならば、もっとふさわしい職業がかれにあったにちがいない。

（同6巻　173頁）

いくら司馬の小説中とはいえ、この描写はちょっとひどい。「平時ならば、もっとふさわしい職業がかれにあったにちがいない。」とまでいわれてしまえば、桂という人物がいかにも凡庸な印象になってしまう。

だが、この司馬の言い方は、史実からみてもやはりおかしい。何しろ、桂は禁門の変ののち、幕府側の徹底的な捜索を逃れて、厳戒態勢の京都から見事に脱出しているからだ。こんなことは、凡人にはまず不可能だろう。

さらに、いくら長州藩の人材が払底していたとしても（実際にはそんなことはなく、幕末の長州藩は人材の宝庫だったが）、司馬のいうような凡庸な人物に、激動の時代の雄藩を指導する役目が務まるはずはない。

その証拠に、このあと桂は西郷との確執を乗り越えて見事、薩長同盟を成立に導き、維新への扉を開くのだ。

> 桂は、長州武士の面目ということにこだわりはしたが、かといって「天下」を考えていないわけではない、ということが竜馬にわかった。
> 同時に桂の、拗ねきった捨て鉢のすさまじさが、言外にあらわれている。
> 桂というひとは、維新後元勲になってからもこの粘っこい拗ね者の性格がなおらなかった。革命家らしい理想家肌をもっていたため、維新後も、自分の手でつくった政府にあきたらず、絶望と不平と不満を蔵しつつ人に接し、ついにはその門を訪ねる人もすくなくなった。
>
> （同　229頁）

にもかかわらず、司馬はここでも、薩長同盟という歴史的偉業の立役者として龍馬の活躍ぶりを描こうとするあまり、一方の主役である桂のことをひどく矮小化してしまっている。

実のところ、史実の薩長同盟では、この小説の主役たる龍馬の役どころはずいぶん小さいものであったらしい。この小説で描かれたような薩摩側の無意味な接待や、同盟を切り出せない長州側の苛立ちなどは司馬の創作で、本当は、すでに下交渉はほぼ出来上がっていたということだ。だとすれば、この場面での桂の「拗ねっぷり」などというのは、司馬が小説中のキャラクターとしての桂を印象付けるため、歪曲したのではなかろうか。

実のところ、司馬は他の小説では桂をもっとマシな人物に描いている。とすれば『竜馬がゆく』の中では、坂本龍馬を持ち上げるためにわざと落としたのかもしれない。

例えば、司馬が幕末維新の頃の長州藩を中心に書いた『花神』では、『竜馬がゆく』での桂よりも史実に近い書き方になっている。


本来技術者ではなく、政治家たるべき人物であったにちがいない。藩もまた、桂に対し、そういう面を期待した。桂は他藩士とさかんに交際し江戸においてはあたかも長州藩の下級外交官であるような存在であった。

桂は、幕府の立場からいえばいわゆる過激派であったろうが、しかしよほど精神の肉質のあつい男で、物事に過熱するところがなく、調整能力に富み、長州藩の名物ともいうべき藩内過激分子をよくおさえ、かといって親分といった位置にはつかない。さらにいえば桂は松陰のような思想家でもなく、松陰門下の若いひとびとに共通するイデオロギーの殉教徒風でもなく、また高杉晋作のような天才の栄光を負った戦略家でもない。親切で世話ずきで実務的で、物事をひろい幅で考えうる天成の政治家というのがこの人物であろう。

（『花神』上巻　247頁）

このように、長州藩の物語を書く場合には、司馬は桂の政治家としての不出世の資質をきちんと評価している。

「思想家」ではなく「イデオロギーの殉教者」ではなく「天才」でもなく、「天成の政治家」だ、というのは、司馬が書いた桂（木戸）への最高の賛辞だ。

明治維新は革命だが、その後の新政府を率いるべき政治家は、実は西郷でも大久保でもなく、天成の政治家たる桂（木戸）こそふさわしかったのかもしれない。そのことを、司馬は『翔ぶが如く』の中でなぜ書かなかったのだろうか。少なくとも、この『花神』の中での桂は、主人公の軍事的天才・大村益次郎を見出したという点だけでも、大いに評価されている。司馬の描くところでは、明治維新を完成させた立役者としての大村は、桂が抜擢しなければただの医者で終わっていたはずだった。つまり、桂には人を見る目があり、桂が後ろ盾になったことで、大村は倒幕戦争を勝利に導く働きができたといえる。


桂という男は、全体が一個の天秤のような男らしい。

亡命からもどったこの男を、藩主以下がこれほどよろこんだのは、かれに特別の政見や、魔術的な政治的才能があったわけではない。魔術的政治才能という点では高杉晋作が、日本史上類のすくない天才であったし、また政治における処理能力では井上聞多のほうがすぐれていた。

桂には、そういうものがない。

あるのは、天秤の感覚だけである。桂は天秤における支点そのものであった。桂の感覚における支点の左右がつねにこまかくふるえていて、すこしでも左なら左が重くなると、そっと右に分銅を置いて釣合いをとろうという働きをする。天秤が無私であるように、こういう感覚のもちぬしは、つねに無私でなければならない。

（同中巻　２００頁）


ここで司馬は、珍しく桂を最大限の褒め方で描いている。無私の政治家、というのは、ありうべき理想の政治家像だといえるだろう。だとすると、司馬がここに描いた桂は、維新の政治家の中で最高の資質をもっていることになる。

　そういう観点で考えると、西郷は無私の政治家ではなかったかもしれない。それというのも、『翔ぶが如く』の中で、司馬は西郷のもつ無私ならざる一面を暴き出している。

　西郷の場合、桂（木戸）と違って、郷党への感情が大きすぎたという風に、司馬は書いている。だから西郷は西南戦争で、郷党を見捨てがたい感情に殉じてしまう。

　一方、木戸の場合は、天成の天秤としての資質を維新後も保っていたといえる。その証拠に、郷党である元・長州士族たちの反乱が勃発した際、木戸は直ちに自ら鎮圧しているのだ。

　このあたりに、西郷と木戸の政治家としての資質の違いが現れている。

　そういった西郷と木戸の比較を、司馬がもっとわかりやすく書いてくれれば、司馬作品の中の木戸が情けない男のようになってしまう印象が、少しは和らげられたかもしれない。

　だが、大体において司馬が小説に書いた西郷と木戸は、薩摩と長州の対立を体現する役割を担わされている。司馬の小説中のそういった構図は、読者にとってとてもわかりやすいのだが、逆に人物像がテンプレートになってしまう危険もある。


　「江戸開城、慶喜助命」

　という維新史上最大の事件は、木戸の功が西郷の華やかな行動と盛名におおわれてしまった。

政治は感情であるという。木戸にすれば薩人のやりかたがきたないと思ったであろう。

「薩人はいつもああだ」

と、木戸はおもったにちがいない。木戸が慶喜助命の工作をしているときに、薩人のみがそれに反対していた。木戸はこの反対のために大苦労をした。が、一転、薩人が大花火をうちあげてその功をいわば奪った。

「いやなやつだ」

と、木戸は、終生西郷をそう思ったようにこのときもつくづく思ったにちがいない。

（同下巻　１９３頁）


このように、司馬が小説に描いた木戸と西郷は、薩長の争いを代表しているようになってしまっている。そのせいで、木戸は西郷との手柄争いをした挙句、感情のもつれを背負っている卑小な人物になってしまった。

本当は、木戸も西郷も「江戸開城、慶喜助命」がどちらの手柄だったか、などと争うような狭い了見ではなかったはずだ。

にもかかわらず、司馬が木戸や西郷を手柄にこだわるような人物として描いたのは、なぜだろう。あるいは、司馬は歴史の真実よりも、小説のキャラクターとしての必要性を優先したのだろうか。

まさか、そんなわけはない、あの司馬が、という反対の声は多いことだろう。しかし、そうはいっても、司馬の描く維新の三傑があまりに矮小化されているため、そうとでも考えないと理解できない。司馬の小説家としての資質と、歴史家たらんとする野心のせめぎ合いが生じていた、としか思えないのだ。

第5章　『翔ぶが如く』と村松剛『醒めた炎　木戸孝允』

維新の三傑を解剖する

1　史実の木戸孝允　司馬遼太郎と村松剛による木戸像の相違

司馬が徹底して低く評価した木戸孝允を、村松剛の評伝『醒めた炎　木戸孝允』では、維新の三傑中、最高の人物として描いている。桂（木戸）は、本当に司馬の描いたような人物だったのか？　明治国家の岐路ともいえる「大阪会議」を軸に、木戸と大久保の対立を通じて、維新の三傑の真実の姿を考えたい。

文芸評論家・フランス文学者の村松剛は、三島由紀夫と近しい関係であった点からも、文学史的に重要な批評家だ。その代表作には、親友だった三島由紀夫の大部な伝記『三島由紀夫の世界』がある。また、日本文学史を死という切り口で考察した『死の日本文學史』や、日本中世を南北朝の歴史で切り取る『帝王後醍醐　「中世」の光と影』も読み応えのある論考だ。それらの発展形ともいえる大作が、木戸孝允を中心として幕末から明治初頭の日本を論じた評伝『醒めた

炎　木戸孝允』である。

『醒めた炎』で村松が論じた木戸孝允の姿は、これまで見てきた司馬のそれとは全く異なっている。

一人の歴史的人物、それも日本史の中で必ず登場する人物の姿が、このように百八十度違う印象で語られるとは、一体どうしたことか。いくらなんでも、それでは歴史研究の真実味が失われるといっていいのではあるまいか。あるいは、明治維新後百年過ぎてなお、このような印象の違いがあるとは、日本近代史の定説がいまだ固まっていないのだろうか。

余談ながら、伊藤はこの明治初年における若手官僚時代に、明治政府の三大頭目に親炙した。西郷隆盛と大久保利通、それに長州の木戸孝允であった。伊藤は、明治官僚の切れ者たち——たとえば佐賀の大隈重信のような連中——と同様、西郷隆盛という一見愚者のごとく、世評のみいたずらに大きい存在を一種の荷厄介者あつかいにし、さらに木戸という革命の英雄を鬱病的な評論家的存在と見、むしろその両人より大久保を押し立てることによって新国家をつくりあげようとした。

（『翔ぶが如く』1巻　70頁）

しかし小五郎の視野は、そうした私的な感情をこえていた。薩長連合は長州に関するかぎり小五郎がいなかったら成立しなかったろうと、伊藤博文がのちに述懐している。

（『醒めた炎　木戸孝允』2巻　378頁）

このように、司馬と村松の木戸評は百八十度異なる。司馬が『翔ぶが如く』の中で、伊藤博文の口を借りて木戸を否定的に語らせるのと対照的に、村松の紹介する伊藤は、桂（木戸）の人物の偉大さを述べているのだ。司馬と村松とでは、同じ伊藤博文が語る桂（木戸）のイメージでさえ対照的だ。

これは、司馬と村松の描き方の差というより、木戸に対する両者の視点の相違が原因であろう。だが少なくとも、史実の木戸孝允は司馬の描いた「評論家」的人物などではなく、村松の描いた印象に近い。同時代の証言をみても、村松の視点の方がより真実に近いといえる。

岩倉（具視）、木戸（孝允）、大久保の三人は、西洋人もその骨格からして外の人とは違うと言っていた。私は骨相学上のことは深く知らぬが、この三人は他の人々とは骨相が違っていたものらしい。

政治家としては、この三人に較べると、西郷南洲は一段下ると見ねばならぬ。

（『大久保利通』「大久保公雑話……久米邦武」 94頁）

今から思うと、彼の頃の国家の難しい事務その他百般の国事がうまくいったのは、全く木戸と大久保の二人があったからだと思う。あの二人の公明正大な点は世人の想像以上であった。二人ともに考えていたことは、御維新というものが徳川に代うるに薩長を以てしたものに過ぎぬと世間が思いはせぬか、そう思わしてはならないという点であった。〈中略〉江藤新平の乱の時には、大久保さんは自ら出張して平定のことに当たった。その間木戸さんが留守を預かって内務卿をやるといった風で、至極調子が揃っていった。〈中略〉そういう工合に調子が揃って巧く行きかけると再び事件が起きてまた破れてしまった。それは江藤の乱が済むと、台湾へ兵を行ることになった時のことである。

（同「木戸と大久保……河瀬秀治」 117頁）

このように、実際に木戸や大久保、西郷と面識のあった人物の言葉によると、木戸は西郷や大久保よりも一段上か、少なくとも同等の偉大さを醸し出していたようだ。骨相学からの見地は、さすがに正しいのかどうか、わからないが。

もちろん、同時代人ゆえの贔屓目もあるだろう。だが司馬のような小説家でも、村松のような評論家でも、過去の証言をもとに歴史を語るしかないのは同じだ。となれば、ある程度はこれら同時代人の言葉も参考にしなければなるまい。

次に、村松による木戸像を、いくつかみておこう。

まず、幕末段階での桂（木戸）にとって、もっとも大きな歴史的舞台は、何といっても薩長同盟だった。数多い幕末もの小説でも、この場面抜きということはまずない。それも、必ず坂本龍馬が登場し、西郷と桂が同盟を渋っているのを叱ったり励ましたりして、両者が同盟するという筋書きなのだ。

だが、司馬が『竜馬がゆく』の最大のクライマックスとして描いたこの場面は、史実とはいささか異なるらしい。実際の薩長同盟というのは、坂本龍馬の一言で決まった、などという呑気なものではなかったようだ。

薩長連合の可能性が双方の藩士の話題にされたのは、これが最初であろう。薩摩とはどうしても連合しなければならぬと小五郎がいうのを、小田村は聞いていたのである。

連携の望みはあり得ると、小五郎は思っていた。薩摩藩は禁門の変の直後までは長州追討の急先鋒だったけれど、途中から態度を軟化させてむしろ征討の早期打切りを主張するようになったし、太宰府の五卿の保護にもつとめている。

（『醒めた炎　木戸孝允』2巻　371頁）

このように、早くから桂は薩長が同盟する必要を説いていた、というのだ。もしそうであれば、司馬が『竜馬がゆく』で描いたような、龍馬の一声で桂と西郷が同意するなどという物語は、荒唐無稽と言わざるを得ない。

史実では、禁門の変以後、薩摩藩は長州藩への態度を変えている。そうであれば、以下のように、薩長同盟はあくまで外交交渉の手順の問題であり、条件闘争であろう。薩摩と長州のいずれにとっても、同盟の必要はあったということになる。

別宴を彼らは翌翌二十日に小松の家で張り、二十一日には小五郎の一行だけではなく大久保一蔵も、報告のために帰藩する予定になっていた。会談に何の実りもなかったとすれば、大久保がわざわざ帰藩する理由はない。

この段階で何らかの話合いが、進行していたと見てよい。肝腎の連合についての具体的な交渉だけが、行なわれなかったのである。〈中略〉

龍馬が仲介に立って作製された「長薩協約」を見ても、長州がまず幕軍を一手にひきうけ、薩摩は畿内に兵を入れて次の段階にそなえることになっている。六箇条から成る密約が龍馬の到着とともにたちまちでき上ったのは、それ以前に暗黙の諒解が成立していたからだろう。

暗黙の諒解にとどめておくことが、西郷の立場からいえば好ましかった。正式の協定を結べば、薩摩藩の行動は制約される。

西郷が龍馬に説かれてはじめて小五郎の苦しい立場に気がついた、などという伝説は信じがたい。

（同　438頁）

司馬が『竜馬がゆく』の中で薩長同盟の経緯を描いたところでは、龍馬が京都に行くまで薩摩側も長州側も互いに歩み寄ろうとせず、いたずらに時を過ごしていたという。だが実際は、そんなことはなかったのだ。

薩摩の側からすると、同盟を暗黙の了解のままでおく方が都合がよかった。一方の長州側にとっても、その条件で構わなかったのだ。

そういうわけで、司馬が描いたような、肝心の交渉の場で意固地になって拗ねている桂像は、史実の桂ではないといえよう。

次に、薩長同盟以後、薩摩藩とともに倒幕を目指す長州藩のリーダー・桂のイメージだが、これまた、司馬が小説で描いたものと史実の桂は大きく異なっていた。

小五郎は建策書では藩主の裁断が必要な二つの事項だけを、もっぱら強調した。民兵の制度化と、武器購入のための予備金の支出とだった。民兵の採用は周布政之助によって提唱され、高杉晋作がこれを現実化した。〈中略〉諸隊の実力は証明ずみであるにせよ、これは彼らを「奇兵」としてではなく藩の正規軍として認知することを意味する。武家社会の伝統にたいする挑戦、といってよい。

（同　360頁）

山田宇右衛門と小五郎とが政務の中心に坐ってからの長州藩は、蛤御門の時代にくらべるとひとが変ったように慎重になっていたのである。長州藩の行動は「兵端を開くところから破つたところまで、間然するところござなく」と、西郷は手紙でほめちぎっている。西郷が長州をほめるということは珍しく、生涯を通じてたぶんこのときくらいだろう。

（同　541頁）

このように、幕府軍の長州征伐を迎え撃って勝利した長州藩だが、その強さの理由は、桂が実行させた「民兵」制度化と武器購入によるものだった。

桂が推し進めた政策は、引用のように民兵である諸隊を「奇兵」、つまりゲリラ部隊のようなものではなく、あくまで正規軍にすることであった。まさしく、村松のいう「武家社会の伝統にたいする挑戦」にふさわしい政策だった。

ところが司馬の小説では、対幕府戦準備や奇兵隊など諸隊の創設は、高杉晋作や山県有朋がやったことになっている。もちろん、現場で動いたのは彼らだったのだが、その「政策」を長州藩の政策として実行に移したのは、政治家・桂の役割だった。

であれば、司馬が小説中であえてそこに触れないのは、桂の実際の働きを無視しているのではなかろうか。

事実、桂の指導による長州軍のその後の働きは、西郷をして感嘆せしめるほど、水際だった動きだったのだから、そこを描かないのは、桂にとっては不公平だろう。

2　維新の三傑、それぞれの人物像

前段でみたように、司馬が小説中に描いた情けない木戸像と、実際の木戸はずいぶん違ってみえる。司馬がなぜ木戸をそのように描いたのか。また、司馬の描く木戸と、西郷や大久保との違いはどこにあるのか。もう少し比較して考えてみよう。

『翔ぶが如く』を読むとわかるのだが、司馬が小説中に描いた西郷のイメージは、大きく二分されている。

一つは一般的な「大西郷」の姿、もう一つは司馬が多角的に考察してえぐり出す真の西郷の姿だ。

その両者が、まるで別人のようにかけ離れていることが、『翔ぶが如く』を読んだ際の印象の混乱につながる。一般的な西郷と、司馬のえぐり出した真の西郷、いずれも同じ西郷として小説に同時に出てくるので、読者はどちらが本当の西郷なのか?と困ってしまうわけだ。

普通の作家の普通の小説であれば、主人公のそんな二重人格性は、編集レベルで戒められるだろう。歴史小説なら、なおさらだ。だが『翔ぶが如く』は、普通の小説ではない。司馬遼太郎は、西郷の人格の二重性を掘り下げる必要があれば、通常の小説構造など度外視する。あの西郷も、この西郷も、みんなまとめて一人の人物として書いてしまうのだ。

ところで、村松剛が『醒めた炎』で論考した西郷のイメージは、司馬の書いた二重人格的な西郷ではなく、一般的な「大西郷」の印象とほぼ大差ないようだ。


維新のいわゆる三傑のうちで人間の巨大さにおいて群を抜く、といわれていたのは西郷吉之助（隆盛）だった。西国第一の人物は西郷、次が桂小五郎と、土佐の中岡慎太郎は書いている。〈中略〉

しかし西郷についていえば、彼は人間が茫洋としていただけに思想的輪郭の方も茫として見きわめにくいのである。日本でただひとりの陸軍大将、元近衛都督として明治十年まで存命しながら、彼は写真一枚をさえ遺していない。

現存する西郷の画像は、従兄弟の大山巌をモデルとしてつくられた。

（『醒めた炎　木戸孝允』1巻　113頁）

結局のところ「大西郷」の謎の原因というのは、茫洋としてつかみどころがない、ということにあるだろう。引用のように、写真どころか肖像でさえ生前のものがない、という点も象徴的だ。生前の西郷のイメージは、語り伝えた証言から類推するしかないのだ。

キヨソネの描いた肖像画、実弟の西郷従道といとこの大山巌の顔を合体させたという怪しげな顔の絵が、「大西郷」の印象を決定付けた。さらに、正妻のイト未亡人が「違う」と思わず言った上野の西郷像が、「大西郷」イメージの混乱を増幅させる。上野公園の西郷像の顔がキヨソネの絵をモチーフにしているなら、その間違ったイメージが東京のアイコンとして立体化されたことになる。「大西郷」の怪しげな印象が、さらにねじれた形で固定化したわけだ。

明治と維新の関係者の肖像や銅像は数多いが、他と比較しても、上野の西郷像はあまりに決定的な存在感がある。

例えば、維新の三傑の残りの二人、大久保や木戸の場合は生前の肖像や写真が残っているため、銅像もイメージを裏切らない。それなのに西郷の場合と違い、大久保や木戸の銅像は幸か不幸か、明治維新のアイコンとしては人々に認知されなかった。

上野の西郷像の前では、無数の東京観光の群衆が行き来して記念写真を撮るが、鹿児島の大久保像や京都の木戸像の前で、一体何人の人が待ち合わせや記念撮影をするだろうか。

西郷の場合、肖像や銅像ばかりか、史実の中の実像さえいまだ謎の部分が多い。小説中で二重人格的に登場するといっても、そもそもその西郷のイメージが実像とかけ離れているのかすら不明なのだ。

だから逆に、多くの西郷もの小説で人物像が似通ってしまうのだろう。想像の余地があるから逆に、一般的にアイコン化されたテンプレートから逃れにくくなっている。

実際、西郷の業績の中でもっとも知られた「江戸城無血開城」の部分も、以下のように、村松の論考と西郷びいきで知られる海音寺潮五郎の小説で、さほど違いはない。

こうして談判がすんで、西郷は隣室の村田新八、中村半次郎の二人を呼んで、進撃中止の命令を出すように命じ、あとは昔話などしていたという。「従容として大事の前に横たわるを知らない有様は、おれもほとほと感心した」と勝は後日談している。〈中略〉

この談判を、勝は後年、これは相手が西郷であったから出来た。他の人ならこちらの言葉の些少の矛盾や小事に拘泥して、こうは行かなかったろうと言っている。

（海音寺潮五郎『江戸開城』新潮文庫　１２９頁）

会見の場所は勝の方からの指定で、三田の薩摩藩邸とされた。〈中略〉

――いろいろむつかしい議論もごわんそが、おいどんが一身にかけてお引受けもす。

西郷は実は勝に会うまえに、すでに中止を決意していた。渡邊清の証言によれば彼は渡邊に向かって、パークスの意向を勝に知られると官軍に不利になるから、それは秘したまま明日の江戸攻めは止めるつもりだといった。〈中略〉

要するに勝は西郷がただ勝という人物を信頼してそのことばを容れ、総攻撃の中止に踏切ったのだと思った。もしそうとすれば、勝の誠意と人柄とが江戸を救ったことになる。

（『醒めた炎　木戸孝允』３巻　２０６頁）

このように、歴史上の名場面で西郷を描くとき、テンプレート化された「大西郷」から離れることは難しい。だからこそ、司馬は『翔ぶが如く』で、登場人物のキャラクター崩壊の危険もかえりみず、あえて西郷の人物像を多重人格的に書いたのかもしれない。

その一方で、司馬が木戸を描く場合はそうではない。西郷の場合のように多角的に描くという工夫はせず、司馬がみた木戸はどこまでも情けないイメージだ。史実との落差が、あまりに目につく。

版籍奉還を説く木戸に向かって毛利の殿さまが、
——では、そちとはもう主従ではなくなるのか。
木戸はさすがに絶句した、というはなしが伝えられている。〈中略〉
長州藩内にあまりに反撥の声がつよいので、できることなら薩摩藩に主導権をとってもらいたいと木戸は思っていた。ことは国家百年の計にある以上、功名は問題ではない。〈中略〉
十月の二十日ころ岩倉具視は過労から病床につき、右の諸藩職制を含む政策案を彼は書面をもって朝議に付した。参与にもこの時期には病人が多く、木戸と大久保との二人で殆どのことがとりきめられた。（同　299頁）

このように、史実の木戸は司馬の描く人物像とは違って、事実上、大久保と二人で新政府を背負って立った大政治家だったのだ。版籍奉還を実行して新政府を樹立させるためには、「功名」など問題ではない、と木戸は考えていた。史実の木戸は、司馬が描いたような、西郷の手柄の独り占めを僻むような狭量な人物などではなかったのだ。

木戸は海水浴の効果が多少はあったと見えて健康をいくぶんかとりもどし、五月の末に東京にもどった。参与選任は不在中のことだったから、参内して従四位下参与の勅諚をうける。従四位下には彼は前年――やはり不在中に――叙せられていたのだが、大久保、西郷などとともに固辞し、位階は辨事預りとなっていた（三岡八郎、福岡孝弟、大木民平、大隈重信は辞退しなかった）。（同　325頁）

このように、木戸だけでなく史実の西郷も大久保も「功名は問題ではない」と考え、維新後の位階も固辞していた。それなのにこの人物たちを小説に描く上で、どうして司馬は木戸だけをひどく落ちるイメージで書いたのだろう？

木戸は司馬のいうような「評論家」的な人物、「自ら火の粉をかぶるのを恐れる」ような人物でもなかった。それは以下のように、明治初頭、長州で旧士族たちやもとの諸隊の兵士らが反乱を起こしたのを、木戸が自ら軍を率いて鎮圧しているところからも明らかだ。木戸は政治家ではあるが、いざというときは大久保の場合と同じように、自分で軍を動かして乱を鎮める司令官としての器量をもった人物だった。

奈良屋はさながら軍司令部の観を呈した。〈中略〉
木戸は馬関で常備軍三百人と第四大隊の二百五十人とを掌握し、さらに小倉から昭武隊の佐藤彌兵衛（無給通士）を呼んで協力を求めた。〈中略〉
木戸は長府、清末両藩の兵に第一大隊の一部をそえて山陽道を東進させ、自分は常備軍、第四大隊を基幹とする約八百人をひきいて、海路小郡を衝くことにした。〈中略〉
木戸がたまたま帰国していたために、彼の決断で征討軍が組織できたのである。
（同　406頁）

もちろん、木戸は欧米の民主政治を理想とするところから、軍人と政治家を兼ねてはいけないというシビリアン・コントロールにもこだわっていた。しかし、さすがに長州の反乱は、自分がその手で収拾するしかない、と覚悟を決めていたのだろう。このことをみても、木戸が情けない人物、というのは間違いだとわかる。いよいよのときは、果断に武力を用いる器量の持ち主だったのだ。

帰京するとすぐに大久保は西郷と会い、木戸ひとりを参議にして現参議は全員が諸省に下る案を相談した。

この案をいい出したのは西郷であり、参議が多すぎては政策が容易にまとまらないから、舵とりはひとりにまかせるという考え方による。〈中略〉反対したのは大隈重信と、当の木戸自身だった。二人とも大久保には、二度も足をすくわれている。

木戸の決定に全員が従がうといまはいっていても、いずれ大久保派は離反してその政治責任だけを木戸に負わせるであろう。西郷は長く薩摩にいて、東京の政情を知らない。

（同　502頁）

このように、木戸と西郷との関係についても、司馬が描いたような長年の確執などというものはどうやらなかったようだ。そもそも木戸と西郷には、幕末以来密なやり取りはなかったようなのだ。

むしろ、西郷は木戸を新政府の屋台骨として利用しようとし、木戸の方はそれを避けようとした。その間を大久保がどうにか取り持っていた、という事情だったらしい。

だから、幕末以来の確執のせいで木戸が一方的に西郷を毛嫌いしていた、などという話は、いくら司馬の小説であっても信じがたい。

問題は薩摩だけで、薩摩の叛乱を岩倉はおそれていたのである。事実西郷は国を出るときに島津久光に、

——台閣に坐るのか、

ときかれて、

——封建をひっくいかえよなこちゃでけもはんで、ご安心しゃったもせ。〈中略〉

西郷は彼自身がこのころ書いた文章で見ると、封建制解体については漸進論者だった。〈中略〉

政府の首班に木戸を推したのは、西郷と大久保とのどちらが采配を振るっても島津久光を激怒させる可能性があり、それを配慮しての措置だったと思われる。（同 505頁）

ここでの西郷は、「大西郷」と崇められるような無私の精神の持ち主などではないようにみえる。むしろ、旧薩摩藩の諸事情によってがんじがらめになっており、新政府のためよりも旧藩の事情を優先させているように受け取れる。西郷は、薩摩内部のあれこれを新政府に持ち込み、木戸に押し付けることで結果的に尻拭いさせたかったようにも見受けられるのだ。

逆に木戸の方は、旧長州内部の諸事情に足を引っ張られながらも、新政府の体制の邪魔にならないよう、その旧勢力を抑えることに腐心していた。

その証拠に、木戸は旧藩主から「もはや主従ではないのか」と嘆かれながらも、明治維新の仕上げである版籍奉還・廃藩置県の実現に全力であたっていた。

もっとも、さすがに西郷もこの時点になると、木戸の廃藩置県の実現に協力した。西郷の協力がなければ、木戸の廃藩置県の計画は実現しなかったのではないか、とも思われる。

ここにいたって西郷と木戸とは、薩長同盟のときと同様に手を結び、新政府の確立に奔走したのだ。まだ大久保も西郷と決裂する以前であり、維新の三傑の三人はそろって廃藩置県に尽力した。

西郷と木戸とが接触した期間は、二人の生涯を通じてきわめて短い。〈中略〉

天皇に供奉して木戸が東京に出た時期には、西郷は薩摩にもどっていた。つねにすれちがいであり、明治四年一月の土佐行きは、二人が毎日顔をあわせた珍しい機会だったろう。

〈中略〉

版籍奉還いらいの経緯を説明し、廃藩置県の実行のためにあえて参議に就任したのであると木戸がいうと、西郷は黒ダイヤのようなとアーネスト・サトウが評した巨きな目を彼に向けて、

——そげなことでごわしたか。〈中略〉

黙契が二人のあいだで、まさにこの日に成立した。

（同　５０７頁）


新政府内で、木戸は大久保と二人して国を牽引する両輪だった。

ところが、いざ廃藩置県が成立し新政府が動き始めると、木戸の構想と大久保の構想はずれを生じる。西郷の考えも、結局は大久保の構想に反対ではなかった。薩摩側の西郷と大久保と、長州側の木戸の国家観は対立が明らかになり、やがて明治六年の政変、さらに士族の乱へとつながっていく。

だが西郷が大久保と決別して政府を離れ、反乱に傾いていったのち、木戸は政府を担った大久保を助けて、西南戦争を政府側の勝利に導く一助をなすのだ。


廃藩置県の直後に木戸は政府改革に関する建白書を草し、そのなかでとくに行政機関としての諸省と立法機関としての三職との分離を力説した。三権分立は明治元年の「政體書」いらい木戸が抱懐して来た構想であり、大臣参議の行政機関からの分離の問題は、のちに木戸と大久保との対立の原因となって行く。

（同4巻　54頁）


廃藩置県の直後から、木戸が早くも三権分立の確立に動こうとしていたのは、特筆に値する。

岩倉使節団の一員として欧米の民主政治の実際を見聞する以前から、木戸は根っからの民主主義者だったことがわかる。これに対して大久保が元から有司専制を志向していたのはもちろんのこと、西郷もまた、民主政治を確立することは考えの外にあったようだ。それどころか、西郷の場合は民主政治以前に、士族の不平不満をいかに抑えるかが大問題だったのだ。そのために、西郷は自ら元帥（のちに陸軍大将）の地位につき、自分の統率で軍の暴発を止めるつもりだった。

そういう西郷の思いを、木戸は理解していたかどうかわからないが、木戸の目からは、西郷の軍への傾斜はいずれその私兵化をまねきかねない危険として認識された。そのことは以前、木戸が推戴した兵部大輔・大村益次郎が、明治初年の段階ですでに予言していた。

軍内部の不平分子を抑えて行くためには自分が沢庵石になる以外にないと、西郷は思っていたのである。〈中略〉

明治五年の元帥は階級であり、軍の総元締を意味した。そして西郷のこの元帥就任が、ヨオロッパの木戸を怒らせる。

政治家を軍の総元締にするとは何ごとかかと、木戸は井上馨や山縣や木梨信一（陸軍少丞）や、さらに「新聞雑誌」担当の長三洲にまで宛てて書いた。兵権は元首に直属するべきであって、政治家の私兵をつくってはならない。

統帥権の明確化を、彼は主張したのである。（同 78頁）

ここの記述も実に興味深い。木戸は西郷と違って、このとき欧州で見聞を深めていた。軍の統帥権というものを理解していたから、軍と政治を明確に区別して、シビリアン・コントロールを確立しようとしていたのだ。

だがさすがの木戸も、後年この統帥権が軍に悪用され軍部独走の根拠にされようとは、想像しなかっただろう。明治のこの時点では、西郷という一人の政治家が軍事の最高位を兼ねることにより、軍が政治のコントロールを離れてしまうことが最大の脅威だった。

木戸は、このまま士族の乱が続き、ついに薩摩の反乱ともなれば、即成でできたばかりの日本の国民軍が、西郷個人の私兵と化すことになりかねないことを恐れたのだ。

事実、のちの西南戦争で西郷は、自分がもつ日本唯一の陸軍大将の位階を利用して、熊本鎮台の国軍に命令をくだそうとした。熊本鎮台の陸軍幹部たちが動じなかったからよかったものの、現実に、国軍が西郷個人の私兵と化す危険はあったのだ。もしそうなっていたら、木戸の心配は的中したことになる。

征韓論争は単純な朝鮮征討の是非論ではなく、

「他の陰密的意志がその因由となりて、」

激発したものだったと大隈重信が後日述べている。〈中略〉

西郷や副島が何らかの「私情」によって動いたとは、前後の事情から見て考えにくいのである。

しかし政争の発端が岩倉以下の外遊組と留守政府との対立にあり、それが「偶爾に」――はからずも――遣使論争という形をとって爆発したことは事実だろう。（同　152頁）

とはいえ、征韓論の段階の西郷は、木戸と明確に対立していたわけではなかった。大久保の方もまた、木戸を政府に引き戻して、西郷との政争を有利に運ぼうとした。だが、木戸は薩摩人同士の論争に巻き込まれるのを嫌って、廟議を欠席した。もし木戸が出席していたとしても、薩摩人同士の論争に口を挟むつもりはなかったに違いない。

木戸は、征韓論の場合にしても台湾出兵にしても、薩摩人たちが独断専行するたびに、大いに怒りを発した。木戸にしてみれば、明治初年当時の西郷が体現していたような、一人の英雄による独裁的政権など望んでいなかった。また、大久保が目指した、プロイセン的な有司専制政治も木戸の望むところではなかった。

木戸が理想とした民主政治は、西郷的な英雄が国民を率いるのではなく、あくまで民主主義の理念による政治を指向していた。そういう意味で、木戸は純粋に民主主義を目指す政治家であり、西郷や大久保よりも明確に革命家だったといえるかもしれない。

西郷にしても大久保にしても、幕末以来目指したのは純粋な革命ではなく、倒幕ののち、薩摩藩が幕府に取って代わるものと考えていた節がある。両者はあくまで薩摩藩の島津久光の家臣であり、木戸のように毛利家の家臣であることから自由になった意識は、おそらく持てなかったのだろう。

木戸の場合、長州藩は幕末の段階ですでに藩主が国家元首であるに過ぎず、政治は主要な政治家と官僚が動かす仕組みができていた。高杉や桂など若手官僚によるクーデターがあり、長州藩はほぼ民主制のような国に変化しつつあった。

その流れを引き継いで、明治政府内の長州代表格である木戸は、民主政治を志向していった。岩倉使節団の一員として、欧米の民主政治を直接取り込んだ。木戸が、明治初めから民主政治を作り上げようとする一方で、中江兆民がルソーの社会契約論を輸入する。その思想は、明治の民権活動家のバイブルとなった。もし、木戸が明治十年に亡くならなければ、おそらくはルソー的な民主主義の政治によって、新政府の政治形態を変えようとしたに違いない。

宮崎八郎は、この中江兆民の、塾とも梁山泊ともいえない仏学塾の喧騒な空気のなかで、ルソーの『民約論』（社会契約論）の洗礼をうけるのである。〈中略〉かれら幕末の志士たちは、平等を求める思想を手持ちの思想からひきだした。その思想的根拠として、国学的教養の者も宋学（朱子学・陽明学）的教養の者も、みな天皇にもとめた。〈中略〉もし、幕末にルソーの思想が入っていたとすれば、その革命像はもっと明快なものになっていたにちがいない。中江兆民という存在が、十五年前に出ていれば、明治維新という革命に、おそらく世界に共通する普遍性が付与されたに相違ないが、ともかくも兆民によって、幕末の志士たちがあれほどあこがれたフランス革命とアメリカ独立革命の理論的根拠が、パリで発見されたのである。

（『翔ぶが如く』5巻　２９０頁）

その証拠に、木戸はその早すぎる晩年、元老院という実質上の国会を、一時だけにせよ主宰し、立憲君主制の雛形を明治初期につかの間、出現させたのだ。

大阪会議で事実上の国会にあたる元老院が成立し、木戸は民主政治への夢を実現したかにみえた。だが実際は、大久保によって元老院が骨抜きにされていた。そもそも、この大阪会議自体が、大久保による木戸担ぎ出しの陰謀だったのだ。

「大阪会議」というのは、大久保が、当時、長州に帰って隠遁の構えをみせている木戸孝允を捕えるための大芝居であったといっていい。〈中略〉

ともあれ、元老院というのは、この時期の政情のなかから飛び出した蜃気楼のようなものだといえなくはない。

しかし、堂々たる官制で出発した。明治八年正月に大久保が木戸孝允を神戸で待ちうけ、その後いわゆる大阪会議をひらき、二月のはじめ木戸が内閣に入ることを承知し、同月二十四日東上してからわずか二カ月後の四月二十五日に、この制度が発足した。うそのような迅速さである。

（同　281頁）

残念ながら、木戸が実現したかにみえた明治の民主制は、大久保の策謀によって形骸化されてしまったのだ。おそらく、木戸もそのことは見抜いていただろう。

それでも木戸は、あくまで自身の民主政治の理想をあきらめなかった。なにしろ、木戸の政治信念は徹底していて、民主制だけでなくシビリアン・コントロールも、可能な限り実現させようとした。長州藩での後輩、山県有朋を陸軍の責任者にして、軍政における薩摩派閥への押さえとしつつ、山県自身の望む太政官との掛け持ちは許さなかった。シビリアン・コントロールの原則から、山県が陸軍と文官の両方を兼ねることを避けたのだ。その点、西郷が陸軍大将や近衛都督と太政官参議を平気で兼任したのと、全く次元が異なっている。

そもそも、木戸は西郷を常に危険視し、自藩の大村益次郎を明治政府の軍事のトップに置いて、西郷に対抗させようとした。

だが、大村が暗殺されたのち、長州奇兵隊での軍事実務の責任者だった山県が、紆余曲折あってその位置についた。


山県有朋について触れておくことは、この稿の主題にとって痛切なことなのである。なぜならばかれが歴史にとって重要であることの一つは、模倣者であったからである。模倣者には、原型がある。〈中略〉

山県にとって、そのつぎの原型は薩摩の大久保利通であった。

大久保はプロシア風の政体をとり入れ、内務省を創設し、内務省のもつ行政警察力を中心として官の絶対的威権を確立しようとした。が、仕事に手をつけてから数年で暗殺されて死ぬ。

大久保の死から数年あとに山県が内務卿（のち内務大臣）になり、大久保の絶対主義を仕上げるとともに大久保も考えなかった貴族制度をつくるのである。

（同2巻　37頁）

ようするに、山県は大村とは違い、純粋に軍事のことだけを担当する気はなかった。しかし、木戸が存命中は、その命に反して政治的動きを表立ってすることはやりにくかった。木戸が亡くなったあと、頭上の重しが取れると、山県は自身の権力基盤を固めることに熱中し、そのために天皇の存在までを利用していく。明治の天皇制が、江戸期までのそれと見た目も大きく変わっていくのは、山県による宮廷改革によるものだった。

日本の天皇がミカドである位置から明治憲法による天皇になられたのは、この憲法が発布された明治二十二年からである。
起草者の筆頭は伊藤博文であった。山県よりも開明的傾向のつよい伊藤は、「日本国皇帝」のあり方のモデルをロシアの皇帝《ツァーリ》に求めず、ドイツの皇帝《カイゼル》にもとめ、しかも皇帝《カイゼル》から専制性を抜いたものとして考えた。〈中略〉
しかし日本のこの三権分立の政体をやがて破壊するにいたる「軍人勅諭」を山県は憲法発布に先立って明治十五年に実現しているのである。〈中略〉
山県がこの勅諭を実現せしめたのは、陸軍大将西郷隆盛の乱がふたたびおこらぬようにというむしろ軍人に対する道徳的説諭を目的としたものであったが、昭和期に入ってこの勅諭が政治化した軍人をして軍閥をつくらしめ、三権のほかに「統帥権」があると主張せしめ、や

がて統帥権は内閣をも議会をも超越するものであるとして国家そのものを破壊せしめるもとをつくった。（同　40頁）

このように、結果的には木戸が危惧していた通り、軍人と文官を兼ねる山県の権力志向が、明治政府を民主政治とは程遠い方向へ導いてしまう。司馬の説明によれば、山県こそ「日本の三権分立の政体をやがて破壊するにいたる軍人勅諭」の生みの親であり、その後の日本を誤らせたのは山県だったということになるだろう。

一方、木戸の場合、最後まで民主政治を志向していたのだが、すでにある明治政府を守ることにかけては、有司専制の大久保にも劣らなかった。その証拠に、士族の乱である萩の乱が勃発した際には、木戸自らいち早く鎮圧に乗り出している。このことは、木戸と西郷の大きな相違点だといえよう。西郷の場合とは違って、木戸にしてみれば、故郷の旧長州士族が反乱を起こそうとも、新政府を倒させるつもりなど全くなかった。

西郷のように故郷に帰ってしまえば、江藤新平の佐賀の乱の場合と同じく、木戸も旧士族たちによって反乱に担ぎ出されるのは自明だった。西郷と違い、木戸は旧士族に担ぎ上げられるような行動はとらなかった。それどころか、迂闊にも反乱のお神輿に担がれた同藩の前原一誠を、木戸は冷徹に鎮圧したのだ。

いざとなれば、木戸はそういう英雄的な行動もとれるのだが、そこの部分を、どういうわけか司馬はあえて小説に描こうとしなかった。


「長州には六十余州の大本を立てるような真の英雄豪傑がいない」

というのは、高杉の本音中の本音であった。しかしながら自分だけはわずかにそれにちかいという英雄的自己肥大が、高杉の晩年（若いが）だけに存在したにちがいない。その自負の部分が、西郷への嫉妬になって、いこじなほどの態度で西郷と会うことを避けつづけたにちがいない。〈中略〉

「長州にそういう人物がいない」

と大息して洩らした高杉の本音は、客観的事実でもある。長州の代表的政治家である桂小五郎にしても、その性格は果断を欠き、その議論は一世をおおうに足らず、その人格的魅力はせいぜい酒座八畳ノ間の範囲のもので、これに従う者は命も要らぬという陶酔的気分にさせるという英雄の必須条件にまるで欠けている。

（『花神』下巻　50頁）


このように、司馬が桂（木戸）を好意的に描こうとしなかった理由は、英雄的ではなかったことにあるのかもしれない。司馬にとってみれば、維新の志士たちの中で格段に英雄的な西郷と比較すると、木戸はあくまで政治家でしかなかった、ということなのだろう。

だが司馬にしても、英雄・西郷を納得のいくように描き出すのは至難だった。

司馬が小説の主人公として特に描くのを好んだのは、合理的に行動する近代的人物像だ。西郷のように、土俗的な情念に直接接続する英雄を小説に書くことは、司馬にはなかなかできなかった。

司馬が幕末の人物中もっとも巧みに描いたのは、西郷ではなく、ましてや政治家としての桂（木戸）でもなく、合理的精神で維新を完成に導いた近代的人物・大村益次郎だった。そこに、司馬の小説家としての資質がもっとも見事に表れている。


西郷にすれば蔵六の命令は「官」としての命令である以上、いったんは服した。

が、西郷には二重の立場がある。官軍の組織員であるとともに、薩摩藩士であった。かれにすれば、

「薩摩で新徴募した兵をひきいてゆくぶんにはさしつかえあるまい」

という論理があった。〈中略〉

蔵六は江戸でこれをきき、別な反応をした。

（西郷はなるほど偉大である。しかしながら新国家の力をもってしてはこれをとうてい統御することができない。いずれかれが乱をおこし、新国家はその総力をあげてこれと対戦しなければならないときがくるだろう）

（同　366頁）

このように、司馬は小説の中で大村を西郷に対峙させ、土俗的英雄と、近代革命の精神を体現した軍事的天才との対立を鮮やかに描いた。両者の本質は、日本の近代がついに前近代を克服しなかった歴史のその後へと、まっすぐにつながってくるのだ。

司馬が描こうとした西郷は、大村の場合と違って、合理主義ではどうしてもつかみがたい怪物じみた何かだ。そんな西郷を英雄視する日本の土俗的、前近代的な傾向は、明治以降、昭和の時代を経てもなお、確実に現代に生き残っている。だからこそ、司馬にとって、西郷を描くことは一つの使命のようなものだったのかもしれない。大村的な近代合理主義がどうしても身につかない日本人の特徴を、西郷的なものがわかりやすく代表していると考えれば、司馬が西郷にこだわった理由もわかるような気がするのだ。

そのことについて、次章以降、さらに考えていく。

第6章　『翔ぶが如く』と江藤淳『南洲残影』　その西郷像の違い

1　江藤淳の「西郷」像と西南戦争論

江藤淳『南洲残影』の西郷像は、司馬の描く西郷とは正反対の印象であり、西南戦争のもつ歴史的意味合いも全く異なる。果たして西郷とは、本当はどんな人物だったのか？　江藤の描いた西郷像をも参考にしつつ考えたい。

また、江藤が高く評価していた三島由紀夫について、司馬遼太郎が否定的だったことも見過ごせない。日本の文学・思想における司馬的なあり方と、三島＝江藤的なあり方の違いは、突き詰めると西郷をどう捉えるかという問題に突き当たる。

田原坂で、激突した。

桐野にべつだんの戦略もなかったために、激突すればその激突をはてしなくつづけてゆく

という戦術規模での自己運動しかない。〈中略〉
これは軍隊間の戦争というより、薩軍の場合は宗教一揆に酷似していた。総帥である西郷隆盛への宗教的尊崇心以外に政略も戦略もなく、あとは個々の殉教心をたよりにしているというところでは、まったくそれに似ているというべきであった。

（『翔ぶが如く』9巻　164頁）

この部分は、司馬が西郷の本質を射抜いたというべきだろう。西郷とは宗教であり、西南戦争は宗教一揆である、と考えると、あの不合理で不可解な出来事の謎が納得できてしまうのだ。
本来、戦争や反乱とは何がしかの理由があり原因があって、戦う名分があるはずだが、西南戦争にはその名分がない。もちろん、西郷が政府を尋問しに上京する、という名分はあるにはある。だがそんなものは、同じ薩摩士族の永山弥一郎がいうように、「西郷一人が行けばすむ」話のはずなのだ。

永山にいわせれば、西郷自身のことであるために、西郷が身を捨てる覚悟で単身東京へゆく、といってくれればそれでしまいのことなのである。
しかし、西郷は終始沈黙していた。〈中略〉

永山弥一郎は、もし露骨に物が言えるとすれば、西郷に対し、
「あなたが一個の丈夫なら一人で東京へゆくべきであり、それが筋である」
といったであろうということは、永山のこの時期前後の言動で察することができる。永山は、決起に決まってからも出兵反対の自説を固く持し、付和雷同しない期間があったのである。

刺客うんぬんは西郷一個にかかる課題であって、鹿児島県二万の士族が政府と戦争する大義名分にはならないのである。
（同7巻　231頁）

西郷暗殺計画の容疑という理由もあるにはあるが、これも甚だ不確かな話で、司馬も『翔ぶが如く』では、かろうじて証拠や証言がないではないという程度しか認めていない。にもかかわらず、西郷自身も、大久保が自分を暗殺しようとしたと信じたことになっている。また開戦にいたる前、同じ薩摩の川村海軍中将が説得に来た際にも、ついに西郷は川村と会わないままだった。つまりは疑いを問い詰める機会を自ら放棄して、戦争へなだれ込んでいったのだ。

西郷の立場で考えれば、もともと子飼いだった川村が説得に来たときこそ、戦争を避ける最後の機会だったはずだ。それなのに同時代の証言でも、西郷は部下に制止されるがままに、川村との面談を断ってしまう。

あれは二月であったが、川村さんは上陸して西郷に逢うつもりであったが、行けばきっと屠られるからと傍の者が止めたので、船から会見の申し込みをやった。西郷は無論逢うつもりであった。〈中略〉逸見（辺見）十郎太などは、激烈な非会見説で、行けば西郷は盗んで逃げられるに違いない、もし西郷が盗まれでもしようものなら、何の顔あって、十万の九州男児に見えよう、ぜひとも西郷が行くというなら、おれは涙を呑んで西郷を切ってしまい、自分も自ら衂《ちぬ》って死ぬと言い出し、刀を抜いて敦圉《いきま》くという騒ぎに、西郷も笑って、いや強って行こうというのじゃないと言って止めた。

（『大久保利通』「大西郷との交情……牧野伸顕」36頁）

西郷がもし薩摩軍の真の指導者であるなら、自分の意思で面談に行くことができたはずだ。こうなったということは、すでに西郷は指導者ではなくお飾りと成り果てていたと思わざるを得ない。

司馬のいうように西郷とその軍が宗教であったとして、開戦間際の段階では、教祖たる西郷は自分の意思を信徒に表明できない飾り物、お神輿にされてしまっていたのだろう。

このように、「西郷教」軍団は教祖の西郷をお神輿として担ぎ、実際には桐野たちが指導者として指揮して、闇雲に戦争へ転がっていったのだ。

ところで、司馬の西郷像と百八十度違うイメージを語る江藤淳の西郷は、西南戦争の開戦理由についても、司馬の場合とは正反対の解釈となる。

> のっけから出て来る「尋問」という言葉がまず尋常ではない。陸軍大将が陸軍少将二人を随え、「旧兵隊の者共」を引き率れて、政府に「尋問」に出掛けるというのだから、これはあたかも陸軍大将に政府の非違を糾す正当な権限があるかのごとくである。〈中略〉
> ここで問題なのは西郷であって陸軍大将ではない。仮りに陸軍大将に政府に「尋問」する何等の権限がないとしても、西郷にはその資格が備わっている。
>
> （『南洲残影』25頁）

江藤は、司馬が西郷の大失敗の例として紹介した尋問の手紙について、全く逆の解釈をしている。すなわち、西郷には尋問する資格があるのだ、という。

司馬の方は『翔ぶが如く』で西郷の上京について、薩摩人の永山に代表させて疑問を述べている。すなわち、「政府を尋問するのになぜ大軍を率いていくのか？」という当然の疑問である。司馬はこの大挙上京について、永山の口を借りて「西郷が一人の丈夫なら一人で上京すべき」とまでいわせている。

たとえ、政府が西郷を暗殺しようとした疑いがあっても、それは西郷個人の問題であり薩軍数万の大挙上洛の理由にはならない、という永山の（つまり司馬の）考えは、常識そのものだといえる。

それに対し江藤は、西郷が薩軍数万を率いて上洛する「資格」がある、とまで弁護している。さすがに江藤も、その「資格」とは「陸軍大将」であることではない、と述べている。だが、理解に苦しむのだが、江藤にいわせると、それは西郷だけがもつ資格なのだ、という全く理屈の通らない断定となる。

この江藤の解釈は、どう考えても無理がある。明治維新を実現させた西郷には明治政府に尋問する資格がある、というなら、同じく三傑である木戸孝允にも同じ資格があるはずであり、明治政府を実質上率いる大久保利通にもその資格があるはずだ。大久保の資格と西郷の資格は同等のもののはずで、そうであれば、西郷に大久保を尋問する資格はなくなる。

つまり、西郷にだけ政府を尋問する資格がある、とする根拠は西郷を信仰していることでしか説明できない。司馬が前述の引用部分で看破したように、西郷を信仰する信者による一揆だ、という解釈が正しいように思われる。西南戦争は西郷を教祖に担いだ宗教一揆なのだ、という司馬の見立ては、真実を射抜いているに違いない。

一方、江藤淳は西郷と旧薩摩士族の起こした西南戦争を、太平洋戦争になぞらえて論じている。

私の脳裡には、昭和二十年（一九四五）八月の末日、相模湾を埋め尽くすかと思われた巨大な艦隊の姿が甦って来る。日本の降伏調印を翌々日に控えて、敗者を威圧するために現われた米国太平洋艦隊の艨艟である。〈中略〉

その巨大な艦隊の幻影を、ひょっとすると西郷も見ていたのではないか。いくら天に昇って星になったと語り伝えられた西郷でも、未来を予知する能力があったとは思われないというのは、あるいは後世の合理主義者の賢しらごとかも知れない。

（同 43頁）

確かに、江藤の指摘のように西南戦争と太平洋戦争の様相は、似ている部分もある。もちろん対外戦争と内戦とは異なるのだが、「西郷と薩摩軍」＝「天皇と日本軍」という図式は、似ていなくはない。また、西郷軍は限られた戦力しかなく、敵の日本陸軍は膨大な物量で攻撃してくる、という点からいうと「日本陸軍＝米英連合軍」の図式も、軍備と国力の隔絶した差がある点では似ていなくもない。

とはいえ、似ているのはそこまでで、江藤のいう「西南戦争＝太平洋戦争の雛形」説は単なる印象論だと断じることができよう。だが、江藤は西郷軍＝旧日本軍、という図式を執拗なまでに繰り返す。

いうまでもなく、特攻隊とは、いわば立体化した「抜刀隊」にほかならない。〈中略〉ここにいたったとき、国軍は、つまり帝国陸軍は、全く西郷に率いられた薩軍と同質の軍隊と化していた。そして、そのとき、御愛馬「白雪」に召された「大元帥陛下」の御姿は、不思議なことに鹿児島に落ちて行く西郷隆盛の姿と、なにがしか二重写しになって見えはじめていたはずであった。「官軍」と「賊」が、滅亡の瞬間に一致したのである。あるいは、「官軍」と「賊」が、一丸となって反逆者に変貌したといい直してもよい。つまり、「西洋」という、「普遍」を自任する巨大な力に対する反逆者に。

（同　141頁）

戦うべき相手の官軍の姿は、どこにも見当らない。敵はむしろ山中の嶮路であり、豪雨と烈風であり、就中消耗をつづける体力と挫けそうになる気力である。だが、それならこれもまた官軍、いや帝国陸軍によって繰返されることになるあの敗亡と退却の、原型ともいうべき行旅ではないか。〈中略〉

明治十年の役において、薩軍と党薩諸隊、つまり熊本隊、協同隊等々の、諸藩の士から成る義勇軍の心を支えつづけたものは何であったか。

それこそ、西郷隆盛という存在にほかならなかったと、いわなければならない。

（同　152頁）

このように、江藤の論は牽強付会といえるほどに、西郷軍を旧日本陸軍に結びつけようとする。だが問題なのは、西郷軍と日本陸軍の類似ではないはずだ。むしろ、最初は欧米の軍隊に近い性質で創られたはずの日本陸軍が、一体どうして西郷軍のような形に成り果ててしまったか？ということが問題なのではないか。

江藤のいう帝国陸軍のもとは、西郷軍を物量で追い詰める鎮台なのだ。だから、のちの陸軍が西郷軍に似てしまったのは褒められた話ではない。近代軍としてスタートしたはずの日本陸軍が、どこをどう間違って西郷軍と同じ轍を踏む羽目になったのか？

その謎をこそ考えるべきではないか。

その頃、東京や大阪では、毎夜東方の空に出現する「西郷星」が話題を呼んでいた。〈中略〉もとより、西郷自身の知るところではなかったけれども、西郷はこうしていつの間にか生きながら天に昇り、星になっていた。

この星は神か。そしてまた人々は、この神に何を祈ったのだろうか。「新政厚徳」とはいったい何か、明治十年の日本に、どんな「新政」があり得たというのだろうか。それは果して平成九年の日本に通じるような「新政」であったのか。

（同　２０３頁）

その理由を江藤は、西郷＝昭和天皇の類似に求めようというのだろうか？　だが、「西郷星」の神話とは、まるで昭和天皇の現人神のようではないか。昭和の陸軍が、そんな神話によって西郷軍的な宗教一揆集団に堕していったなら、全く救いがない。

つまり日本人は、ごく短い期間に二度も自ら宗教一揆化して、神話のために無辜の命を捨ててしまったということになる。

一体、そのお話のどこにどんな救いがあるだろうか。二度やってしまったことは、三度目も、四度目もあるかもしれない。江藤の説が正しければ、日本人は何度でも、宗教一揆を起こして自滅していくということになる。

2　司馬の描く西南戦争

西南戦争がなぜ起こったのか、という疑問は、現代から百四十年前を振り返っても、どうにも想像がつかない。

『翔ぶが如く』に描かれたような、西郷への刺客が引き金となったというのが真相だったとしても、そもそもなぜ西郷暗殺計画が内戦に発展するのか、という根本的な疑問が、今の感覚では理解しがたい。

唯一、納得できるのは、前段で示した解釈、司馬が述べた宗教一揆説だろう。宗教一揆ならば、教祖たる西郷の暗殺計画がそのまま一揆の暴発へ直結した、という流れも腑に落ちる。

当時の感覚からしても、西郷への刺客についての疑惑を糾弾するためなら、西郷一人が上京して談判すればいい、という考えは妥当なように思えたはずだ。しかし、薩摩にあってはその常識は通用せず、西郷の暗殺計画発覚がそのまま一揆の暴発へ直結する方が、常識だったということになる。

この薩摩独特の感覚について、司馬は「若衆組」が原因ではないか、と考察している。

若衆組は、おそらくこの日本の島々に太古以来継承されてきた習俗（あるいは社会制度）であろう。これが、日本（とくに西日本）全般の農村社会を特徴づけてきたというのは、日本人の先祖もしくは日本の古代文化の一源流が南方にあるという証拠にもなっている。この習俗は朝鮮（すくなくとも新羅の統一以後の朝鮮）には存在しないし、むろん儒教で固められた中国の漢族社会においては、存在しなかった。

（『街道をゆく8　熊野・古座街道、種子島みち　ほか』10頁）

西郷は幕末の風雲期に、京都で革命外交を旋回させていたころ、その幕僚のほとんどは自分が郷中頭だったころの下加治屋町の旧二才たちだった。西郷にすればかれらなら気心が知れているし、安んじて追い使うこともできたのであろう。

維新が成立すると、それらの旧二才衆が新政府の官僚になり、明治六年に西郷が征韓論にやぶれて鹿児島に帰山したときも、ともに辞職はしなかった。むしろ他の方限の出身者が西郷を慕って下野した。

やがて西郷とかれらが、鹿児島士族の二才衆を組織して在校一万余人という私学校をおこすが、私学校組織は巨細に見ると、もとの郷中組織であるにすぎない。（同 65頁）

この薩摩独特の「若衆組」、郷中組織がそのまま私学校という軍事組織に横滑りしたとすれば、その組織が西郷という郷中頭を暗殺されそうな事態に直面したとき、組織ごと大反発へ動いたという理屈は、わからないではない。司馬が西南戦争の結論として紹介する、「郷中組織＝私学校」の仕組みが西郷をお神輿として西南戦争を起こしたという説明は、納得できる。

それにしても、もう一つわからないのは、西郷という維新の主導者が、なぜ西南戦争の際にあまりにも拙劣な作戦をやって自滅してしまったのか、という点だ。これについては、司馬もなかなか考えが定まらなかったようだ。

結局、西南戦争の際の薩摩軍の戦いについて、西郷自身はノータッチだった、全ては桐野や篠原が指揮したのだ、とする説を司馬はとっている。

とすれば、幕末の西郷がやってのけた革命戦の離れ業は、西南戦争時には封印されていたことになり、西郷という人物の矛盾点はなくなる。ようするに、西郷が一切を任せた陸軍少将・桐野と篠原が、実際の戦争指導で拙劣だっただけのことになり、結果的に悪かったのは西郷ではなく、桐野や篠原たちだったという話に落ち着く。

前述の司馬による「郷中組織＝私学校」説が正しいなら、西南戦争時、西郷が桐野や篠原らに自分の身を預けてしまったのは、薩摩的な軍隊組織の典型例、ということになる。それならば西郷が西南戦争でほとんど何もせず、稚拙な戦い方で全滅していったというのも、なるべくしてなったことになる。

だが、もしそうだったとすると、恐ろしい想像が成り立つ。つまり、日本陸軍が根底に薩摩の組織感覚を受け継いでいたとするなら、旧陸軍が稚拙な戦い方で太平洋戦争での自滅へ突き進んだのは、西南戦争以来の滅び方を継承した、という話になってしまう。


桐野は辞表を出すについて朋輩や郷党のたれに相談する気もない。西郷が辞めるならいちはやく自分もやめるというのがかれの行動の法則であり、その法則に気ぜわしく遵おうとするのみである。〈中略〉

桐野は若いころから死の瞬間までそうであったようにひとと群れることがきらいであった。かといって孤独が好きでもなく、幕末以来集団の力のおもしろみを知りすぎている男でもある。要するに桐野は自分をつねに一個の猛獣であると認識するところからかれの行動も倫理も出発していた。

（『翔ぶが如く』3巻　129頁）

桐野利秋という人物の軍事上の能力は、果たしてどの程度のものだったのだろうか。司馬遼太郎は『翔ぶが如く』の中で酷評しているが、本当のところはわからない。

ただ、桐野が中心となって西南戦争の作戦指導をやったのなら、そのレベルは全くお話にならないほど低いものだった。薩摩藩の将領の資質というのは、作戦能力とは別の観点で測られるという。兵を喜んで死地に赴かせるカリスマ性こそ、薩摩でいうところの将器だった。であれば、桐野にもそういう将たる器はあっただろう。優れた作戦参謀を得なかったのが残念だった、ということかもしれない。

もう一人、西郷が見込んだ将器として、篠原国幹がいる。こちらも桐野と並び、いやそれ以上に将としてカリスマがあったという。極めて無口で、それゆえに兵は粛々とその指揮に服したというのだが、篠原の場合もやはり作戦能力は皆無に近かったようだ。

問題は、西郷を擁した薩摩軍が、作戦家を参謀に起用しようとしなかったことだ。その理由はどこにあるのか、『翔ぶが如く』を読んでもよくわからない。本来は西郷が総大将で、桐野と篠原はその両翼として作戦参謀たるべきはずだった。ところが、参謀役のはずの二人とも、むしろ大将としてふさわしい人材だった点が、首脳陣の構成として間違いだったのだろう。

つまり、西郷はお神輿であって、具体的には何もしないのだから、本来の大将は桐野と篠原であるべきだった。ところがその両人が参謀を用いることなく、自ら作戦も立ててしまったことが、方法論的には失敗だったのだろう。

篠原国幹は藩校造士館でぬきんでた秀才であった。ただその詞藻はわずかに遺した詩において想像できるだけで、同時代人も篠原がどれほどの学殖をもっていたか、見当がつかなかった。その理由は極端に無口だったことによる。日常、ほとんど口を開かなかった。〈中略〉桐野が郷士身分の出身であるのにひきかえ、篠原は父が記録奉行をつとめたほどの門地の出身であることである。挙措、品がよく、かれが座敷にすわれば一座が自然にしずまるといわれた。

ただ共通しているのは、勇敢であることであった。篠原が、上野に籠る彰義隊攻めのとき、最激戦地の黒門口の攻撃を指揮した場合の沈着さと勇敢さは、兵士たちからみてほとん

ど神を仰ぐような観があったという。（同　142頁）

このように、桐野にせよ篠原にせよ、大将として作戦に口を出さず、有能な作戦参謀をその部下に配置すればよかったのではあるまいか。

薩軍に、作戦参謀たるにふさわしい人材がいなかったわけではない。ただ、首脳陣にその認識がなかったことが作戦参謀の起用を妨げ、結果的に有効な作戦のないまま戦争に突入することになった。

事実、敵側の政府軍でさえ、薩軍が有効な作戦を立てて攻めてくるだろうと予想していた。考えられる作戦はいくつかあって、そのいずれを薩軍がとっても政府軍は苦戦を強いられただろう、と陸軍の総帥である山県有朋自身が語っている。

かれは敵である薩軍の作戦を想像し、以下の三種類に整理している。

一、汽船に乗じ、いきなり東京もしくは大阪を突く。

二、長崎および熊本鎮台を襲い、全九州を破り、以て中原に出ること。

三、鹿児島に割拠し、以て全国の動揺をうかがい、暗に国内の人心を測りつつ、時機に投じて中原を破ること。

「以上の三策のほかはない」

と山県はしつつも、かれの作戦案のすぐれている点は、薩軍がその三策のいずれをとろうが、おかまいなしにまっしぐらに鹿児島の本拠を衝き、鹿児島城をくつがえしてしまう、というのである。〈中略〉

「薩軍の作戦はこの三策以外にありえない」

と山県が断定して作戦案をまとめたのに、実際の薩軍がとった作戦は、作戦とも言いがたいほどに無謀なものであった。〈中略〉

薩軍がとったのは、磁石に鉄片がくっつくように、全力をあげて熊本城にみずからを吸着させてしまったのである。無謀という以上の、信じがたいばかりの粗暴な作戦だが、これがために、政府軍の作戦も、山県の『作戦意見書』を反故にしてしまってべつな対応法をとった。〈中略〉

さらに山県は、

「三策のうちのどの策でもいいから彼等がとっていたなら、勝敗はどうなっていたかわからない」

という。

（同8巻　44頁）

このように、薩軍に作戦参謀の機能がなく、闇雲に熊本城に突っかかるという子供の喧嘩のようなやり方をしたため、政府軍は助かったのだといえる。

また、薩軍の構成が近代的な軍隊の仕組みではなかったため、将官と現場の戦闘指揮官を兼ねるような、融通の利かない集団として熊本城攻めを始めてしまった。そのため、戦況が膠着しても次の作戦に転換することができなかった。

熊本城攻めがうまくいかなさそうなことがわかったのち、薩軍の首脳陣は軍議を開いたが、その席上でも結論が出ず、最終的にお神輿であるはずの西郷に意見を求めた。その意見について司馬が呆れたように書いているが、西郷の出した案は、「すべての戦機を逸する」ような愚劣な策だったという。

「では、こうすればよかろう」

と、西郷は折衷案を出した。

野村案の一部を採って、今日の強襲はいったん中止する、かといって小倉へいそぎ進出せねばならぬこともあるまい、と西郷はいう。そこで一部をもって熊本城をかこみ、一部をもって植木方面に進出して政府軍の南下するのを待つ、他はしばらく休息をとって英気を養えばどうか、政府軍がやってきたらきたでそのときいちいち潰してゆけばよい、そのうち城も陥ちる、そこで軍容をたてなおして所期のごとく中央へ出てゆく、という風にすればどうか、といった。……西郷の案は、これによって戦機をことごとく逸することになるが、しかし西郷は自分の挙兵による対世間的影響のほうを大きく計算し、楽観していたのであろう。

（同　152頁）

一方、司馬が引用のようにこき下ろしたこの西郷案を、江藤淳は、全く百八十度違う見方でべた褒めしている。これは実に興味深いことで、同じ軍事作戦が、司馬と江藤でなぜこうも評価が違うのか。そこには、両者の西郷に対する恣意的な判断があるのだろうか。

もし万一、薩軍がその兵力の半ばを失ったとしても、仮りに二月中に熊本城を攻略していたとすれば、西南の役の戦局は、どのような展開を示していたか予断を許さない。前述の通り、攻城が下策であることは自明としてもよい。しかし、敢えて下策を選んで熊本城を囲んだ以上は、せめて攻城戦に「勝」たなければならない。勝機をいずれに見出すかということになれば、あるいは戦線を徒らに伸長させるに過ぎない西郷小兵衛、野村忍介らの分進策のごときは、下策より更に勝機に遠い兵力分散策というべきではないか。

（『南洲残影』　58頁）

このように、江藤は西郷の案を最大限高く評価しているが、事実としては、この西郷案の結果、薩軍は「戦機をことごとく逸する」ことになったのだ。とすれば、司馬の書いた西郷への低い評価の方が、正しかったということになりはすまいか。江藤の褒め方は、客観的にみて西郷を贔屓しすぎると言わざるを得ない。

> 桐野たちが西郷を擁して兵をあげたものの、ちょうどうさぎがわなに脚を噛まれるようにして熊本城にひっかかった。この報に接したとき、
> 「惜しいことをした。西郷は負けるだろう」
> と予言した兵略家が二人いる。ひとりは板垣退助であった。〈中略〉
> 私学校が決起したとき、伊地知は、
> 「西郷も、桐野のような男に乗せられて」
> と、この一挙には同調せず、東京にふみとどまった。この伊地知も、板垣と同様の意見を東京の薩人たちに洩らしていたというから、幕末における二人の兵略家はともに兵略の面から悲観した。
>
> （『翔ぶが如く』9巻　121頁）

このように、同時代の兵略家の目から見ても、熊本城に固執した薩軍の戦術は、全くお話にならないものだったとわかる。

にもかかわらず、江藤は西郷の兵略を高く評価する論を書いている。であれば、その論は、歴史の事実を書くことよりも、西郷を高く評価することが目的だとしか思えないのだ。

桶谷「しかし、いかにも西郷が言いそうですね。それで考えたのですが、明治新政府の成立から西南戦争までを描いた司馬遼太郎の『翔ぶが如く』も、小説というより史論といったほうがいいのかもしれません。いい仕事だと思いますが、ただ、明治十年二月十七日に西郷が例年にない大雪を踏んで鹿児島を出発してから、いったい西郷というのはどうなったのか、具体的な行動は桐野利秋に任せるばかりで西郷は茫然と存在しているような書き方になっています。

しかし本当は茫然となんてしていなかったはずです。その茫然としてない西郷の精神とは何かということを、江藤さんはこの本で暗示的に、象徴的にお書きになっている。そこには江藤さんのみごとな直観力が働いていると思いますね。〈以下略〉」

（江藤淳『南洲随想　その他』「滅亡について　対談　江藤淳　桶谷秀昭」文藝春秋　68頁）

文芸評論家の桶谷秀昭が、江藤の『南洲残影』と司馬遼太郎の『翔ぶが如く』とを比較した論評が、前記の対談の中で語られている。ここでは、もちろん対談という状況のせいもあるだろうが、桶谷は司馬の描いた西郷の姿をばっさり否定して、江藤の西郷像を良しとしている。

その根拠はというと、驚くべきことに、江藤の「直観力」しかない。「本当は茫然としていなかったはず」と、桶谷はいうが、それは独断と偏見による決めつけでしかない。

逆に、あの西郷が茫然としていたはずはない、という固定観念を、みごとに打破したのが、司馬の『翔ぶが如く』だったというのが正しいのではないだろうか。まさかあの西郷が、なぜ?という、西南戦争についての長年の根本的な疑問に、司馬は大著の中で不十分ながらも様々に解答しているのだ。

その解答の一つに、あくまで俗説、噂話のレベルではあるが、西郷が転倒して頭を強打したことによる後遺症だったという話まで持ち出している。そのくらい、司馬による西郷の謎解きは徹底していた。江藤の「直観」などとは、比較にならない。

「維新前の南洲翁と維新後の南洲翁は別人のような感じがする」

という印象が、鹿児島に遺っている。

たしかに、別人の観がある。〈中略〉

こういう西郷について、鹿児島では、病理的な原因があるのではないか、という解釈が、きわめて密かではあるが、囁かれてきている。

明治二年のことである。

同年、かれは新政府が成立するとほどなく鹿児島に帰り、征韓論決裂後のように、やはり狩猟に日をすごした。

事故がおこったのは、大隅の小根占においてであったらしい。かれは小根占ではとくに兎狩りをした。鉄砲は用いず、山中にわなをかけておくのだが、ある日、山を歩くうちに足をすべらせて転倒し、木の切株のかどで頭をつよく打った。〈中略〉

高城義之氏は、西南戦争について西郷がとった態度の不可解さ——以前の西郷にくらべ——につき何項目かをあげ理解に苦しむとされている。一つは本来、経済に綿密だったはずの西郷が軍資金について全く無頓着だったことや、また作戦行動中、戦いは桐野らにまかせきりで終始無為傍観の態度をとおしたことなどをあげ、あるいは「頭の強打との間に、何か因果関係があるのではないかとも考えます」と、いっておられる。

(『翔ぶが如く』8巻　13頁)

このように、もし本当に西郷が頭を打った結果、判断力や性格に変化を生じたとすれば、日本史を変えた西南戦争は一人の人間の怪我が左右してしまった、という信じがたいことになってしまいかねない。

さすがに、この説は、今となっては証拠もないため、日本史上の怪説だというしかないだろう。

これまでみてきたように、司馬が描いた西南戦争とは、徹頭徹尾、無謀な戦いでしかない。政府が西郷暗殺を企んだため、というその開戦の動機は、本来なら西郷個人の問題でしかないのに、どういうわけか、薩軍数万が動員されたという話になる。しかも、理も非もなく熊本鎮台＝政府の陸軍に向かって命令をくだそうとし、それに反発した熊本鎮台が戦闘態勢に入ったところに、正面から薩軍がぶつかって必然的に戦闘状態になった。

司馬が丁寧に経過を描いている通り、政府軍である熊本鎮台を、一私人である西郷が勝手に傘下に組み込もうとしたことは、国軍を西郷個人の私兵にしようという話であり、これこそ、シビリアン・コントロールを主張していた木戸孝允がかねてから危惧していた事態そのものだったといえる。この事態を、早くも維新直後に予言していたのが、大村益次郎だった。

だが、明治十年の時点では、さすがに西郷による国軍の私兵化など通用するはずもなかった。当然、政府軍は一私人である西郷の率いる薩摩の私設軍団に抵抗した。それに応じて、明治政府は陸海軍を動員し、内戦状態に突入した、という流れである。

こうしてみると、確かに司馬のいう通り、薩摩軍の決起は宗教一揆そのままであり、また多くの宗教一揆とは違って、政府が弾圧を加える前に暴発している点で、全く弁護の余地がない。
薩摩人が政府に捕らえられて弾圧を受けたという話ではなく、ただ教祖としての西郷を暗殺しようとする陰謀が企まれた疑いを抱き、その疑いを確認するでもなく政府に対して一揆を起こした、という話で、これでは確かに、司馬が書いた永山の意見が正しいと思える。すなわち、西郷は一人で上京すればいいのであって、薩軍数万を道連れにする道理も必要もないはず、なのである。

実際の戦闘の経過も、司馬の描くところによると、無謀な暴発をした挙句、次第に政府軍の物量に追い詰められ、最後は全軍玉砕するという、全く無意味な戦いだったことになる。
この西南戦争の経過を、江藤淳は太平洋戦争の場合と似ているというが、まだしも太平洋戦争開戦時の日本の方が、英米と連合国によって経済封鎖をされた結果なのだから、戦争する理由がまともである。西南戦争の場合は、薩軍の開戦した理由が常識では全く成り立たない。ようするに、まともではない戦いを西郷と薩軍は政府に仕掛けたという話なのだ。

ここにあるのは、深刻な認識の溝、完全に理解が隔絶された異質な文明同士の衝突のように思える。まるで異教徒同士の宗教戦争か、あるいは異星人同士の不幸な接近遭遇のような事態が発生している。明治政府の側には戦争の理由はないが、薩軍の側には異なる価値観があって、その開戦理由は薩軍にはまるで当然のことのように理解されている。西南戦争は、江藤のように太平洋戦争に例えるよりも、現代のテロ戦争のように、全く異なる価値観の文明が不幸な衝突をした例に似ているといえよう。

史実としても、歴史家の側からも西南戦争は疑問があるという。

それにしても、挙兵の理由にはいくつもの疑問がある。表向きは、前述のように政府の措置が陰湿で公明正大でないということ。しかも理由なしに暗殺するというのは、いくら混迷の政情であったとしても不自然である。しかし、その理非を正すというのは表向きの理由で（薩南血涙史）、それだけのことなら西郷が単身、あるいは桐野、篠原、村田といった数人の上京で事は済んだのではないか。なぜ私学校生二万の兵を率いて動いたのか。これは今に至るまで謎である。

（『戊辰戦争から西南戦争へ　明治維新を考える』　２３５頁）

あるいは、西南戦争が旧士族による新政府へのアンチテーゼ、世直しだったという見方もある。今となっては、旧薩摩士族側の主張は新政府よりもモラルが高かった、というのは無理があるが、そう主張した結果が西南戦争だったと考えることは、できなくはない。

西南戦争の終結は、それまで可能でもあった、志士仁人と言うか、天（天皇）に仕える東洋的なモラルと条理を政治に生かすという理想を、明らかに打ち消してしまった。例えば宮崎八郎などは、西郷にやらせることによってその道が開かれる、これが民権につながるのだと考えていた。〈中略〉

そういう意味からして、西南戦争における西郷軍の敗戦は、いわゆる明治維新の主体勢力だった倒幕派の政治生命が終わったということになる。〈同　243頁〉

また、司馬が『翔ぶが如く』の中で描いた西南戦争の一側面として、戊辰戦争以来の薩長への復讐戦、という視点もあるようだ。つまり、新政府は戊辰戦争で佐幕派の藩を討伐したが、特に会津藩において惨憺たる結末を残した。戦後の敗戦処理も、会津藩には苛烈な態度で臨んだ。旧会津士族の中に、新政府、特に薩長への憎悪、怨念が残り、その感情を政府は西南戦争の際に利用した、という話である。

抜刀隊に参加している巡査の中で会津士族の者が鬼のような勢いで薩塁にとびこんでゆき、「戊辰の復讐、戊辰の復讐」と叫びつつ薩人を斬りたおし「直に賊十三人を斬る」とある。〈中略〉

太政官が、私学校軍に対するのに会津人の憎悪を利用したというのは、政治のむごさと滑稽さをよくあらわしている。第三者からみれば利用された会津人がこけのように見えるが、しかし当の会津人たちの感情からみれば違うであろう。

（『翔ぶが如く』9巻　133頁）

薩摩人みよや東《あづま》の丈夫《ますらを》が
　提げ佩《は》く太刀の利《と》きか鈍きか

という歌を出陣のときに作ったほどにつよい復讐の感情をもっている男である。かれは弾雨の中で人夫や兵に舟をかつがせ、一挙に加勢川の土手を駆け降り、いっせいに舟にのって対岸へ漕ぎよせた。〈中略〉

山川はいくさ上手だった。かれの予想どおり薩隊は逃げ、かれの命令どおり左右の両翼隊がそれを追った。

（同　224頁）

会津藩家老だった山川浩が西南戦争で政府軍の一員として戦ったことも、『翔ぶが如く』に描かれている。山川は優れた軍人だったのだが、会津出身だったせいか明治の陸軍で冷遇されていた。それでも、西南戦争の際、まるで戊辰の復讐を実践するかのように、包囲された熊本鎮台への救援一番乗りをやってのける。

このように西南戦争の一つの側面として、戊辰戦争の復讐戦という実情があることは否定できない。政府側が旧会津士族の復讐心を利用して戦場に駆り立てたとしたら、モラル的には薩摩側よりも劣るといわれても仕方がないだろう。小島慶三氏が『戊辰戦争から西南戦争へ』で述べたように、東洋的なモラルの政治を消してしまったのが西南戦争での明治政府の勝利だった、ということであれば、歴史の皮肉というほかない。

3　司馬と三島、江藤の違い ――リアリズムと信仰心

まえがきでも書いたように、司馬遼太郎は三島由紀夫の自殺について、新聞紙上に否定的なコメントをいち早く発表した。対照的に、江藤淳は三島事件にひどく動揺して、ほとんど虚脱したような感想を漏らしている。江藤淳が文芸時評や文芸評論で、三島文学を高く評価し続けてきたことを思えば、それも当然だろう。

作者にとって思想も、政治も、ボディ・ビルも剣道も、小説すら「三島由紀夫」という第二

のアイデンティティをつくり上げるための素材にすぎなかったのである。

この虚のアイデンティティを完成するために、作者は「刻苦勉励」した。それは平岡公威という生来のアイデンティティを喰って育ち、戦後のジャーナリズムのなかに生きた。そして「三島由紀夫」が完成されたとき、それはまったく実在から離れた。澁澤氏のいわゆる「完璧」な「狂気」とは、おそらくこのことをいうのである。事件はこのような虚の世界でおこったのであり、したがってリアリティを欠いている。それはまさしく「個人的な絶望」と「個人的な快楽」の表現だったのである。


（江藤淳『江藤淳コレクション4　文学論Ⅱ』「全文芸時評」ちくま学芸文庫　430頁）


江藤は、その文芸時評の中で、三島事件直後の論壇コメントのほとんどを「およそ文章の態をなしていない」とばっさり切り捨てている。

ということは、江藤は司馬遼太郎がいち早く出した三島事件へのコメントも、評価していなかったことになる。

つまり、江藤は三島の自裁をめぐっても、司馬とは真っ向から対立していた。あるいは、司馬の意見など論外、というスタンスでいたとも受け取れる。司馬が三島の自裁を散々に酷評したので、江藤は苦々しく感じたのだろうか。

江藤は、三島が高く評価した西郷隆盛はじめ陽明学の思想に、自らも強く共鳴していたのだろう。だからこそ評論『南洲残影』の中で、ほとんど無理やりの論旨を展開し、西郷軍の自暴自棄的な進撃を完全に擁護した。江藤は三島と西郷を結びつけて論じているが、その接点をなすのは日本浪漫派、中でも蓮田善明の存在である。

> 学習院中等科の生徒だった三島由紀夫を見出し、『花ざかりの森』を「文藝文化」に連載したのは、蓮田善明である。〈中略〉
> ときに三島は十六歳、この後記は、作家三島由紀夫と日本浪漫派との絆の深さを物語るものとして、従来から重要な証言とされている。……
>
> 　そのようなことを想いながら、蓮田善明の文学碑の前に立ちつくしているうちに、雨が上って来た。左手の谷間を眺めると、桜の蕾が色づきはじめているのが見わたせる。ところで、植木町が蓮田の「ふるさと」だとしても、何故この碑は田原坂の古戦場に建っているのだろう。〈中略〉
> 西郷隆盛と蓮田善明と三島由紀夫と、この三者をつなぐものこそ、蓮田の歌碑に刻まれた三十一文字の調べなのではないか。西郷の挙兵も、蓮田や三島の自裁も、みないくばくかは「ふるさとの驛」の、「かの薄紅葉」のためだったのではないだろうか？

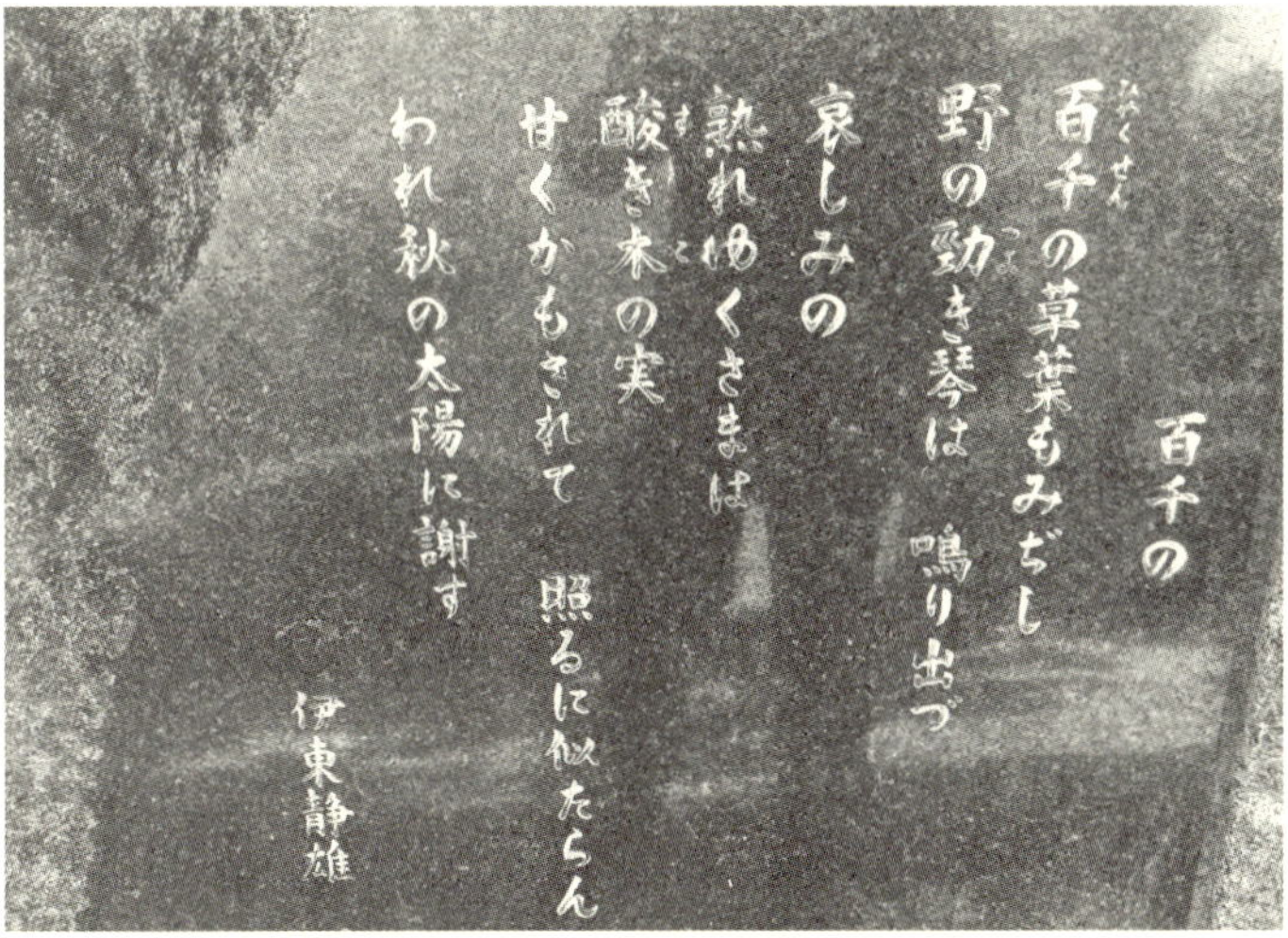

伊東静雄の詩碑（大阪市阿倍野区松虫通）

（『南洲残影』　90頁）

このように、江藤の考えでは、西郷の起こした西南戦争と三島由紀夫の自裁とが、日本浪漫派の思想を通じて結びついているようだ。

もっとも、三島は若き日に、日本浪曼派を代表する詩人・伊東静雄に認められようとして、あっさり振られたという経験もしている。だからこそ三島は、日本浪曼派の精神を自分が受け継ぐ、という執念をことさらに抱いたのかもしれない。

いずれにせよ、三島が日本浪曼派の文士たちを通じて西郷隆盛の精神へつながることは、江藤の論の大きな柱であるはずだった。日本の伝統を守る保守の立場の論客として、そう主張することは江藤の信条に合致するものだった。

だが理屈で考えれば、西郷軍の戦いは、全く擁護する余地のない暴挙だったことは明らかだ。その暴発ぶりを、司馬は『翔ぶが如く』の後半三巻（8～10巻）で余すところなく描き出している。江藤が無条件に擁護しようとして無理やりに描いている西郷軍の行動を、司馬は、納得がいかないままではあるが、その筆力の限りを尽くして見事な信憑性をもたせることに成功している。そのキーワードは「宗教」だ。

司馬は西郷軍を宗教一揆に例えており、西郷がもつカリスマを宗教指導者のそれになぞらえている。例えば小説中、旧薩摩氏族で日本警察の創設者である川路利良についても、「西郷宗」の人かどうかでその人物を判断させるなど、西郷の身近にいた人々の本質をズバリと書いている。

この帰路の船中、ある日、沼間が河野と二人きりの時間をもったとき、たまたま西郷隆盛のことが話題になった。

「川路君は、あれは西郷宗のひとかね」

と、沼間はおもしろい形容を用いた。西郷を頭目とする薩摩人のグループを、宗教団体のように形容したのである。

「当然、西郷宗だろう」

「すると、川路君は帰国後、身をひき裂かれるような目に遭うに相違ない」〈中略〉

沼間も心得ていて、いいやおれは薩人の前では西郷のことはいわない、たとえば法華信者の前で日蓮の悪口は言うべきでないのと同日よ、といった。

（『翔ぶが如く』1巻　43頁）

司馬は、さすが大作家だけのことはある。作家本人が西郷について納得のいかないままなのに、小説の中で見事に的を射た表現を書いてしまっているのだ。

一方の江藤はいかにも評論家らしく、西郷軍の行動を理詰めで解明しようとして、結果的にひどく筋の通らない説明でしか書けていない。

江藤は明治の精神について、まるで司馬に張り合うかのように書いてきた。その代表例が『南洲残影』だが、もう一つ、現在ではすっかり忘れられてしまった江藤の作品がある。江藤が歴史小説に挑戦した大作『海は甦える』である。

これは、いわば「裏・坂の上の雲」とでもいうべき小説だ。司馬の『坂の上の雲』の新聞連載が終わって、しばらくしてから文藝春秋誌上で連載が始まった。

この『海は甦える』は、日露戦争までの明治海軍の勃興ぶりと、その後のシーメンス事件での凋落を描く気宇壮大な歴史小説だ。主人公は、明治海軍の育ての親、山本権兵衛で、薩摩閥による海軍建設物語でもある。小説の後半は、政治家となった山本が政党政治の中で四苦八苦し、やがて海軍の汚職事件によって政治生命を絶たれるまでを描いている。

だが、江藤の大作は、国民文学となった司馬の『坂の上の雲』に及ぶべくもない失敗作だといえる。何より、小説として読んだときに面白くない。歴史評論として読めばそうでもないのだが、なまじ人物を小説的に描こうとしたために、ひどく凡庸な人物描写が続き、退屈させられる。

しかも、これは構成上の致命傷といえるのだが、肝心の日露戦争の海戦場面を完全にカットしてしまっている。これでは、せっかくの歴史小説的な興味を見事に空振りさせてしまったといえる。読者は、そこで読むのをやめてしまいかねない。

あるいは、大いに気合を入れて書き始めたものの、この小説を書き続けることが江藤にはよほど苦痛となったのだろうか。それというのも小説の後半、政党政治の経緯を描く段になると、帝国議会の議事録を何ページも引用して、議場での議員の発言をほぼそのまま再録するような、一種投げやりな書き方になっていくのだ。小説を読んでいて長々と議事録の引用を読まされては、読者としてはたまらない。そんなわけで、この大作の後半は、政治小説の見事な失敗例となってしまった。

つまり江藤は、小説の試みでは司馬に完敗している。その意識が江藤自身にどれほどあったかはわからないが、その後の著述で、江藤は司馬とは真逆の方向に突き進んでいくようにみえる。

文芸評論はもちろん続けているが、時事評論が増えて、いわゆる保守論客の重鎮のように持ち上げられていく。司馬が作家になる前に勤めていた産経新聞で、司馬の死後、司馬が書いていた時事コラムを江藤が担当したのは、奇妙な因縁のように思える。

もとより司馬遼太郎氏が『この国のかたち』といったとき、日本に対して敢えて知的な距離を設定し、その「かたち」を見直そうという意図が働いていたことを否定するものではない。それは一時期の日本と日本人とにとって、どちらかといえば貴重な試みであったに違いない。しかし、その発想はむしろ静的であり、日本を「この国」といい替えるときわれわれの胸の内にうずくかすかな疼痛のようなものを、どこかで四捨五入していはしなかっただろうか。

（江藤淳「月に一度〜わが国の姿〜」産経新聞　１９９８年11月2日）

このコラム欄は、江藤が引き継ぐ前、司馬がエッセイ「風塵抄」の連載を書いていたコラムだ。そのコーナーを引き継いだというのに、司馬を批判して書くというのは、いかにも江藤らしい戦闘的な評論スタイルだといえる。

ところが、江藤はこの記事を書いたのち、一年を経ずして自殺してしまう。著名な文壇人の自殺は、川端康成以来しばらくなかったため、非常に世間を驚かせた。

江藤氏遺書「病苦…自ら処決」

冒頭、「心身の不自由は進み、病苦は堪え難し」と病苦を表現。さらに「脳梗塞（こうそく）の発作に遭いし以来の江藤淳は形骸（けいがい）に過ぎず」とし、「自ら処決して形骸を断ずる」覚悟を示し、「乞（こ）う、諸君よ、これを諒（りょう）とせられよ」と理解を求めている。〈中略〉

鎌倉署によると、江藤氏の死因は浴槽の湯による水死。

（産経新聞　１９９９年７月23日）

奇妙な因縁を感じるのは、かつて司馬が散々に批判した三島由紀夫に倣ったかのように、江藤も自殺してしまったことだ。それも、三島的な美学による自裁ではなく、報道によれば、ほとんど心神耗弱のような自殺に思えた。生前、保守論客として闘争的な論述を続けてきた江藤が、まさかそんな最期を迎えるとは想像もできなかった。

その後、最近になって、江藤の自殺を思い出させるような出来事が起こった。江藤と同じく保守系の論壇の重鎮だった西部邁が、これまた三島由紀夫の自殺を模倣するかのような、確信犯的な自殺を遂げたのだ。

西部の場合は、まだ事件が最終的に解明されていないので、のちの結果を待ちたいところだ。だが、現在判明している経緯によると、三島が自身の弟子筋の森田必勝に切腹の介錯をやらせたのと同じく、西部主宰の塾の弟子筋にあたる人物に、自殺を手助けさせていたようだ。三島と西部では主義主張や時代背景は大きく違うのだが、やり方がどうも似ているように思えてならない。

一方の江藤の場合は、こちらは単純な、といっては失礼だが、明らかな自殺である点、江藤はこの両者よりはまだ常識人だった、ということなのだろうか。

しかし、日頃唱えている主義主張や論を突き詰めると、江藤の場合も、西郷が西南戦争を起こしたことを完全に美化してみせる点では、やはり尋常な考え方では捉えきれない思想を語っているのだ。その論拠は陽明学的思想であり、西郷から三島へと続く行動者の礼賛である。となれば、江藤の論もやはり、西郷の起こした西南戦争を賛美し、のちの太平洋戦争までを肯定する方向であることは間違いない。

そういうことからいっても、江藤が描いた西郷の姿を無条件に肯定することはとてもできない。江藤の西郷像と、司馬のそれを対比するなら、西郷がついにわからない、と正直にいった司馬の方が誠実な態度に思えるのだ。

もう一つ、司馬の場合と江藤や三島の大きな相違は、西南戦争に先立つ神風連の乱をどう捉えたかにある。特に、司馬が懐疑的に描いた神風連の乱を、三島由紀夫の方は小説『奔馬』で大いに美化して描いている。


　勲は、崩せと云われても正座のままの、制服の胸を張って簡潔に答えた。

「昭和の神風連を興すことです」

「神風連の一挙は失敗したが、あれでもいいのか」

「あれは失敗ではありません」

「そうか。では、お前の信念は何か」

「剣です」

　勲は一言の下に答えた。中尉は一寸黙った。次の質問を心の中で試しているようである。

「よし。じゃ訊くが、お前のもっとも望むことは何か」〈中略〉

「太陽の、……日の出の断崖の上で、昇る日輪を拝しながら、……かがやく海を見下ろしながら、けだかい松の樹の根方で、……自刃することです」

（三島由紀夫『豊穣の海』第2巻『奔馬』新潮文庫　１３０頁）


三島の小説『奔馬』のこの場面における主人公・飯沼勲の言葉は、そのまま小説の最後で実現されることになる。あくまで小説の中の言葉であり、もちろんフィクションなのだが、この小説を含む四部作『豊饒の海』を完成させたのち、三島が自ら自衛隊に乱入し自刃した事実を踏まえると、単なるフィクションとはいえないだろう。

この小説のように、神風連を賛美してその模倣をする姿を描き、その後、作者自身が自作をなぞるように自刃して果てる、という流れをみれば、三島がフィクションの形に仮託したその思想を、単なる思想だけのことと片付けてしまえなくなる。

例えば、次のような言葉も出てくる。

「きくが、……もしだ、もし陛下がお前らの精神あるいは行動を御嘉納にならなかった場合は、どうするつもりか」

これは宮様のみが発することのできる質問であったが、〈中略〉

「はい、神風連のように、すぐ腹を切ります」

「そうか」――聯隊長の宮の御表情には、こういう返事は聞き馴れておられるという色があった。「それならばだ、もし御嘉納になったらどうする」

勲の返事は、間、髪を容れなかった。

「はい、その場合も直ちに腹を切ります」

「ほう」――宮のお目にはじめて活々とした好奇の光りが現われた。「それは又どういうわけだ。説明してみよ」
「はい。忠義とは、私には、自分の手が火傷をするほど熱い飯を握って、ただ陛下に差上げたい一心で握り飯を作って、御前に捧げることだと思います。〈中略〉勇気ある忠義とは、死をかえりみず、その一心に作った握り飯を献上することであります」
（同　194頁）

このように、三島の思想は、小説の中ではすでに、神風連の思想を昭和の時代に復古させることを成し遂げていたようにみえるのだ。自身の小説を実現化するように、作者自身が神風連のような行動に走り、昭和の平和な空気の中で自刃した。これでは、三島の思想は神風連のように忠義を実践するもの、として捉えられても仕方がない。

ところが、そもそも神風連の思想とは、三島が小説の中で語り自身も実践してみせたようなものではなかったかもしれないのだ。

そこのところを、司馬遼太郎が『翔ぶが如く』で懇切に書いている。

林桜園の死後、遺された弟子たちは太田黒伴雄にひきいられて、夜となく昼となく神社を参拝している。このために世間では一種嗤いをふくめて敬神党と称した。

この桜園の徒に、安岡県令がかれらを神職にして怒気をなだめようとしたとき、一応の試験を県庁でおこなった。そのとき、かれらは試験官の前で異口同音に、皇道は神の道である、皇道にして興隆すれば、たとえ洋夷が攻めてきても元寇ノ役のときのごとく神風が吹きおこって十万の胡兵・胡艦が海に沈むのだ、といった。このことがあって、世間は多分に蔑称として「神風連」とよんだ。

(『翔ぶが如く』6巻　252頁)

司馬によると、神風連とは本人たちが名乗ったものではなく、世間からの蔑称だったという。それも、明治になったというのに古来の元寇の故事を持ち出している点を、嘲笑されている呼び名だ。もともとが蔑称であれば、実在した思想家・林桜園の弟子たちとそのリーダー・太田黒伴雄は、後世に「神風連」と名乗ったりその行動を模倣するものたちが現れても、それを褒めはしないのではあるまいか。

また、三島が小説に書いた神風連は、まるで自滅を望んだようにみえるが、実際はどうやらそうでもなかったらしい。

神風連の首領太田黒伴雄は、べつだん、自分たちが純粋に自滅的な戦いをのみする、ということを考えていたわけではなかった。
むろん「神慮」によって戦いが決定された以上、成功、不成功は問わない。しかしできるだけ戦いの孤立化を避け、保守的分子との同盟をひろくもとめようとした。太田黒はかつての勤王運動という反幕運動をやった男だけに、意外なほど戦略的であるといっていい。〈中略〉
太政官の外交をもって臆病外交とし、であるから倒すべきであるとした。その後の日本のいわゆる右翼には秋月型と神風連型があるが、この二団体はそれぞれの源流をなしたといっていい。
（同　234頁）

このように、神風連が三島の書いたような自滅を目指す集団ではないとしたら、小説中の飯沼勲も三島自身も、元祖の太田黒からみればひどく稚拙に思われたかもしれない。
だが一方、司馬は神風連を評価はしていない。それというのも、この集団の模倣者が三島以前にも多くいたことを、暗に批判しているからである。司馬のいう「日本のいわゆる右翼には秋月型と神風連型がある」というのが事実なのかどうか、わからないのだが、いずれにしても司馬は神風連とその模倣者を決して良くは捉えていない。

人類がもっている普遍的な常識と、人類が地球上の各地域で経てきた無数の実例をもってしても、日本のこの歴史的時期における神風連のような存在はない。
神風連はその決起にあたって、政略的判断はいっさいおこなっていない。それどころか、それを不潔とした。〈中略〉
神風連の奇妙さは、自他を殺すという暴力そのものが神聖であるということだった。それがかれらの政治活動であり、しかしながら極度に矛盾して政略を不純としている。つまりは、純粋に暴力そのものであろうとしている。こういうふしぎな思想団体ができあがるというのは、民族的性格と民族文化に根ざしているのかもしれない。〈中略〉
おそらく、この文化が出来あがるのは、江戸期という、世界に類のない暴力否定の体制が二百七十年もつづいたことと無縁ではないであろう。江戸期は世界史にも類のすくない教養時代で、漢学が行きわたったために形而上的思考をする訓練ができ、さらにその土壌から国学も生まれた。いずれにしても、かつて思想を持ったことのない民族が、江戸末期にいたって思想というものを蠱惑的なものとして感ずる気分をもった。そのいわば感動的な気分のなかから、暴力そのものを純粋に崇高視するというふしぎな思想が出現したかと思われる。
（同　272頁）

このように、神風連のような集団のせいで、日本は「人類がもっている普遍的な常識」から外れてしまったのだ、といいたげな勢いで、司馬はこの乱についていささか感情的に批評している。

つまり、三島が最後の大作に描き、自らの最期の姿として実践した神風連の模倣は、司馬にとってはほとんど唾棄すべき愚かな行動だったのかもしれない。

少なくとも、司馬にとって神風連的な思想や行動は、理解しようにもできかねるものだったに違いない。だからこそ司馬は三島事件ののち、直ちにこの行動を完全に否定する考えを新聞に寄稿して、日本人全体に呼びかけたのだろう。

このように、三島と司馬の思想が全く正反対なのは明らかだ。

だがそれを踏まえた上で、神風連の乱を肯定するにしても否定するにしても、そこに信仰が介在したかどうか、考える必要がある。少なくとも、実在した明治の神風連の乱は信仰による行動だったからだ。

それと同じく、江藤淳が描いた西郷南洲というのも一種の信仰対象だったといえる。司馬もまた、西郷の起こした西南戦争を一揆に近いものと説明した。だが、司馬は『翔ぶが如く』の中で、はっきり結論付けたわけではない。本当に宗教一揆であるのか、あるいは、西郷やその取り巻きたちの夜郎自大による愚行ということだったのか、司馬は結論を書いていない。

そこで、最後にもう一度、司馬の描いた西郷の姿をおさらいし、司馬が西郷とその周辺の生き様、死に様からどのような思いを読み取り、読者に伝えたかったのか、考えてみたい。

第7章　司馬遼太郎VS西郷隆盛

1　司馬の描いた西郷隆盛

司馬が『翔ぶが如く』に描いた西郷は、大きく分けて三つの人格に分裂しているようにみえる。

一つは、一般的なイメージに近い、維新の英雄・西郷だ。

二つ目は、明治後特に顕著になった隠遁者としての西郷。

そして三つ目は、無能なリーダーとしての西郷だ。

この三つ目のイメージは、おそらくこの『翔ぶが如く』以前には、ほとんど表立って書かれたことがないように思える。その意味では、司馬の描いた無能・西郷は、司馬だからこそ描けた西郷像といえる。

しかも、司馬は風説に近い西郷事故説まで証言を集めて、その可能性を語っているところが、実に徹底している。

そういう風説が真実味をもってしまうぐらい、幕末の颯爽たる英雄・西郷のイメージと、明治後の西郷の間の落差が激しかったということなのだ。この怪我説の西郷は、あとで紹介する島津家の家中で評判の悪かったという西郷のイメージよりも、もっと深刻に西郷の英雄像を覆してしまう。まさか、西郷の頭の怪我のせいで旧薩摩士族数万人が死地に飛び込まされた、などということは、たとえ真実を射抜いていたとしても、公に認められることはまずあるまい。

司馬は、そのギャップをあえて強調して、一般的な姿を覆すような西郷を描いた。

本書のまえがきでも紹介したように、小説を書き終えたあと、あとがきで司馬は西郷を「虚像」と呼んでいる。虚、であるということは、器、であるということか、あるいは、影、ということなのか。

唯一、司馬が『翔ぶが如く』の中で「西郷＝虚像」という表現について具体的に書いている例は、以下のようなものだ。

西郷がどういう容貌をもち、どういう風韻の人物であるかは、この時代のひとびとは、視覚的には知っていない。

が、津々浦々の士族仲間では、かれが士族の擁護者であるということのほかに、ほとんど神話的なほどに、

「古今無双の英雄」

であると信ぜられていた。〈中略〉

このため、多分に虚像ではあったが、西郷の威望は天下を覆い、それをかついでいる薩軍の存在は、むしろ政府軍よりも重いように世間では印象されがちであった。

（『翔ぶが如く』9巻　138頁）

このように、司馬が西郷を虚像と説明する理由は、幕末から明治初頭にかけて、西郷という一人の英雄の存在感があまりに大きくなりすぎた結果、薩摩士族の私兵の方が政府よりも強いようにイメージされてしまった、というところにある。だが、それはそうであるにしても、なぜ西郷が世間で「古今無双の英雄」とまで信じられたのか、その疑問には、答えていない。

司馬が力の限り描こうとした西郷は、ついに最後までつかみどころのない存在だった。

その西郷は、司馬の描くところによると、外見上、魁偉な人物だったことになっている。これは一つ目の、一般的なイメージに近い維新の英雄・西郷の姿だろう。巨体で、巨眼で、人間の器も巨大であり、坂本龍馬が「大きな鐘」のようだといったそのままの雰囲気だ。

にもかかわらず、なぜか西郷自身が写真も肖像も残さなかったため、その容貌は同時代の人々の伝聞によるしかないというのが、これまた奇妙な話だ。

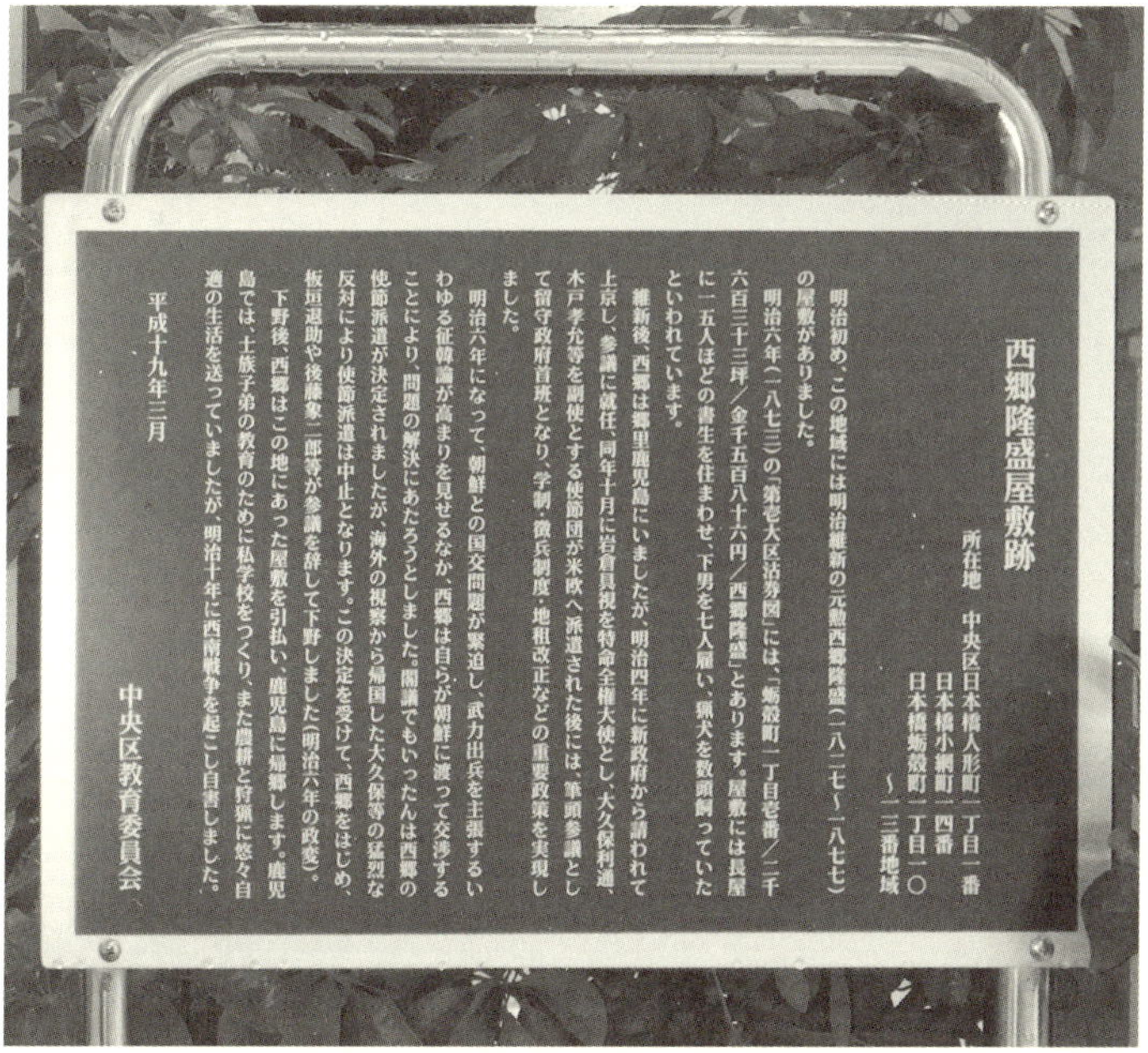

西郷隆盛屋敷跡（東京都中央区）

幕末に多くの写真を残した徳川慶喜や坂本龍馬をはじめ、明治以後も維新の三傑のうちの二人、大久保と木戸も写真や肖像画を残していて、その面影を間違いなく見ることができる。

明治維新の大物中、西郷だけが、顔がわかっていない、というのは、それだけでありうべからざる不思議、ではあるまいか。

しかも、有名なことでは日本史上のベストテンに入るであろう西郷隆盛の名前は、実は間違って登録されたものだった、というのも、全く嘘のような話だ。

通称は吉之助、名乗りは隆盛。

もっともこの隆盛というのはかれの旧幕末奔走当時からの同藩の同志である吉井友実が、新政府に名前を届け出るにあたって、

「吉之助の名乗りは何じゃったかナ、たしか隆盛じゃったナ」

とひとり合点して登録してしまった名前である。じつは隆永がその名乗りであった。隆盛とは亡父吉兵衛の名乗りであったのを、吉井はかんちがいして届け出たのである。

（『翔ぶが如く』1巻　82頁）

実際に、そんなことがあるのだろうか。もしそれが本当なら西郷とは、自分の外見どころか名前にすら頓着しない、全く浮世離れした人物だということになる。果たして、藩を背負って対外的に重要な交渉仕事をやってのけるような人物が、自分の名前をどうでもいいなどと考えるものだろうか。

ところが一方で、西郷はそういう奇妙な人物でありながら、幼少期は実に平凡だった、という話もあるので、ますます印象がわからなくなる。

西郷自身も、その少年期をみるとこの家系における突然変異ではない。かれは奇童でも神

童でもなく、成長期の逸話というものをまったく持たない意味でも平凡な少年にすぎなかった。

（同2巻　28頁）

次に、西郷の内面、特にその精神、思想について司馬がどう理解しようとしたか、である。これが二つ目の、明治後特に顕著になった隠遁者としての西郷だ。

まず、西郷がどういう思想を抱いて幕末の倒幕活動をやり遂げたのか、西郷に影響を与えた師匠として、司馬は島津斉彬、藤田東湖のほか、陽明学の春日潜庵を挙げている。

西郷は、春日潜庵を師としていたわけではない。

かれの師は、亡主ながら島津斉彬であり、いまひとりは藤田東湖であった。〈中略〉西郷の原思想とでもいうべきものが、春日潜庵を見て、ややその陰翳を察することができるかもしれない。

（同4巻　152頁）

西郷にとっての原型が、陽明学のものであるとすれば、その後の西郷が思想としての書物を残さず、あくまでその行動で思想を体現したこともうなずけよう。西郷の思想は、書物で開陳されているのでなく、その行動をたどることでしか理解できないのだろう。それゆえ、司馬も小説で西郷の行動を西南戦争までたどることで、その全貌を語ろうと試みたに違いない。

――国家は会計によって成りたつものにあらず。

ということを、西郷はさまざまな表現でいった。高き、見えざるもので成り立つ、これをうしなえば品位の薄い国家になる、そういう国家を作るためにわれわれの先人たちが屍を溝《み》壑《ぞ》に曝してきたのではない、と西郷はいうのである。〈中略〉

極端にいえば西郷の生涯におけるこの局面では、西郷は政策論者よりも濃厚に思想家になってしまっていた。かれの没落は、明治国家が国家としてのもっとも重要なものを削りおとしてしまったということになるかもしれない。

（同3巻　20頁）

西郷を思想家として捉える見方は、司馬以前にもあったし、取り立てて珍しくはないが、その思想は、西郷自身の行動を追うことでしか理解されない、というのは、おそらく司馬が初めて主張したのではなかろうか。

その西郷の行動は、司馬の描くところでは、「詩」のような印象である。

西郷とは、何者なのであろう。

この稿によって筆者は、垣根を過ぎてゆく西郷の影をすこしでも見たいと思っているが、いまかれの片影を見て察するとすれば、かれにはどうにもならぬ神聖なものがあったらしいということである。〈中略〉
西郷が放射するその雲間のきらめきのようなものを、ひとびとは政治的人間の徒類のなかではほとんどありうべからざるものとして感じた。西郷においてひとびとがなにか神聖なものを感じていたのは、そういうことであろう。
（同3巻　66頁）

ここで司馬がいう「雲間のきらめきのようなもの」という表現は、かつて『竜馬がゆく』では、「きらきらと旋回するような光芒を発する」と表現されていた。「なにか神聖な」西郷を、『竜馬がゆく』の時点ですでに、司馬は見出していた。
だが、そうはいっても司馬にはその神聖さが理解できないままだったのだろう。その後、長い年月ののちに、改めて『翔ぶが如く』でその神聖さに挑んだのだが、ついに正体が見極められないまま、この大部の小説は終わってしまった。

西郷は、十月二十八日、東京を発つ。ついにかれは生涯かれの詩にいう「京華名利」の都府に帰ることはなかった。

西郷が同時代人にも後代のひとびとにも形容しがたいほどの詩的情感をもって敬愛されたのは、新政府における最高の栄爵につつまれつつ、それをすてて孤影東京を去るというこのあたりの情景にあるであろう。

（同3巻　122頁）

ここで司馬が描いている西郷の「詩的」情景は、日本人の心性にまぎれもなくフィットするなにか、おそらくは神聖なるものを含んでいる。

ところが、その一方で西郷の神聖さに不伝導な日本人も間違いなくいるのだ。実際は、司馬もその一人なのかもしれないが、小説家としての良心に従って、懸命に西郷への不伝導性の正体を探ろうとしたのだろう。

薩摩人の一部に「西郷ぎらい」というのが、濃厚に存在する。筆者はこの稿を取材するについて、島津旧公爵家に関係のふかかったその縁辺、元家扶などの何人かに接触した。話が西郷のことになると、一様に言葉が濁るような感じがあった。そのなかであるひとは、

「島津の御家では、あまり西郷の話題は出なかったようです」

という人もいて、久光の西郷に対する呪いが、戦前ぐらいまではまだ生きていたようにもおもえた。

（同2巻　48頁）

おそらく、西郷の魅力に不伝導だと思われるこの人々にとっては、西郷は薩摩を滅亡の瀬戸際に追いやった無能な凡将、としか言いようがなかったかもしれない。

その三つ目、無能なリーダーとしての西郷については、次段の最後に述べよう。

同時代の士族にとっては、西郷は古今無双の英雄としてイメージされていたとしても、実際には凡将だったかもしれない。その西郷をむやみに持ち上げる傾向は、西郷存命中から現代にいたるまでやむことなく続いている。その動きは、時にきな臭い政治情勢の誘い水となっているようにみえる。

2　司馬の描いた西郷や松陰など、幕末の群像を悪用する風潮

昨今の日本社会の風潮をみていると、かつて司馬遼太郎が心底嫌った戦前戦中のイデオロギー偏重の空気が、再び復活してきたように思える。

司馬は小説『世に棲む日日』のあとがきで、松陰の名を悪用する動きが再び起きることのないよう願った。

長じて国家が変になってきた。松陰の名はいよいよ利用された。そのくせ、国家は松陰自身

が書いたものを読ませることにきわめて消極的だった。〈中略〉幕末から明治初期にかけて出た多くの文章家のなかで、平明で達意という点では松陰はとびぬけた存在のように思えるが、国家がそれを強いて読ませようとしなかったのは、松陰が、本来の意味での革命家だったからに相違ない。しかし名前だけが、程よく利用された。そういうことが、松陰を知ることなしに、私に毛嫌いさせた。いまでも松陰をかつぐ人があったりすればぞっとするし、今後、そういう人間や勢力は出ないと思うが、もし存在するとすればどうにもやりきれない。

（司馬遼太郎『世に棲む日日』「あとがき」文春文庫4巻　294頁）

ところが、司馬の願いに反して、松陰の名前をむやみに持ち上げて戦前回帰を述べる記事が、主要新聞の一つである産経新聞の特集記事で、以下のように書かれるようになってしまった。

明治150年　第1部　吉田松陰（中）司馬も「松陰　知ることなく毛嫌い」

松陰は誤解され続けてきた。〈中略〉

国民作家、司馬遼太郎は松陰を主人公の一人とした『世に棲む日日』の「文庫版あとがき」で少年時代を振り返り、つづっている。が、注目すべきは後続の一節である。《名前だけが、程よく利用された。そういうことが、松陰を知ることなしに、私に毛嫌いさせた》〈中略〉
それから17年後、司馬はこう結論付けるに至る。
「松陰の文章はいいですね。この人が明治に生まれていれば明治の文壇を担ったのではないかと思うほどです。（以下略）」

（産経新聞　2018年1月23日）

司馬の元の文中、「毛嫌いさせた」の次に続く、「いまでも松陰をかつぐ人があったりすればぞっとするし、今後、そういう人間や勢力は出ないと思うが、もし存在するとすればどうにもやりきれない。」という一節が省略されている。前述記事のようにまとめるのは、司馬の文章を自説に都合よく切り取って、牽強付会しているように思えてしまう。
このように、司馬の小説まで、特定のイデオロギーの補強に援用されている。それも、司馬が勤めていた産経新聞がそういう記事を書く。これでは草葉の陰の司馬も浮かばれないのでは、と思ってしまうのだ。
もとの文章を読めばわかることだが、司馬遼太郎が小説に描いた吉田松陰とは、決して引用の新聞記事が示したような人物ではない。

松陰は、長州藩で軍事の専門家の家を継いだことにより、その「家業」としての軍事を律儀に研究し、「海戦策」という理論を組み上げた。だが、その理論は、松陰の死後、実際に下関戦争で実行に移され、四カ国連合軍にこてんぱんに負けた。その時点で、松陰を尊敬する人の多い長州においても、松陰の軍事的な戦術は信用を失ったはずなのだ。

だが、松陰の専門であった軍事は失敗に終わっても、その生き様や哲学は、長州人のみならず多くの日本人の心に生きていることもまた事実だろう。ということは、前述の記事がいう司馬の言葉「松陰は誤解され続けてきた」というのは、教育上の問題だけではなかったかもしれない。「いまでも松陰をかつぐ人があったりすればぞっとする」という司馬の言葉を、現代の我々も見過ごしてはいけないだろう。

さらに、司馬が続けていう「今後、そういう人間や勢力は出ないと思うが、もし存在するとすればどうにもやりきれない。」という言葉を、もっと深刻に受け取るべきではあるまいか。なぜなら、司馬の危惧した日本の未来は、以下のように、かつての長州藩の攘夷戦争と藩内クーデターの様相に一度、現出していたからだ。

「攘夷をあくまで断行する。〈中略〉」

という大布告が発せられた。発した政治の当務者はこの大布告の内容をもはや信じてはいない。しかしこれを出さねば、井上帰国によっておこった藩内の疑惑と動揺と沸騰がしずまらないのである。国際環境よりもむしろ国内環境の調整のほうが、日本人統御にとって必要であった。このことはその七十七年後、世界を相手の大戦争をはじめたときのそれとそっくりの情況であった。これが政治的緊張期の日本人集団の自然律のようなものであるとすれば、今後もおこるであろう。

（『世に棲む日日』3巻　166頁）

このように、司馬は長州藩の幕末の様相を描いて、それがいかに日本の特徴的な政治情況であるかを示している。太平洋戦争を始めた際の様相と、かつての長州藩の攘夷戦争の様相が似ているのであれば今後も同じことが起きるだろう、という司馬の予告は、現代日本に重くのしかかっている。

松陰を信奉することについて、学問や思想信条の問題ではなく信仰のレベルで行われ、かつてのように教育に浸透してくることが今後、あるのだろうか。もしそうであれば、現代日本でも過去の長州藩や太平洋戦争の場合と同じことが起こるかもしれないことを、どう受けとめたらいいのだろうか。

例えば、司馬が『翔ぶが如く』に描いた西郷の姿と、江藤淳が理想とした西郷とを比較してみてはどうだろう。

また、三島が賛美的に描き自身も模倣した神風連の乱のありようを、司馬の描いた西郷と比較してみるのも意味があるかもしれない。

三島が影響を受けた戦前からの日本浪曼派の思想は、理知よりも情念を重んじたようにみえる。その情念が日本の保守思想の根本だというのなら、その保守思想が結果的に、利害を度外視して国を太平洋戦争に突入させ、亡国の運命に導いた、ということになるだろう。

その戦争に兵士として巻き込まれた体験から、司馬は理屈を度外視した情念による戦争を心底憎んだ。

司馬の代表的な歴史小説は、『坂の上の雲』から『翔ぶが如く』へと、明治日本の戦争を総覧する史伝のようなものになっていく。だが、そこに描かれた戦争は、決して昭和の戦争のような情念の発露とは異なる様相で書かれている。

日露戦争を描く司馬の筆は、愛国心をかきたてるよりも、いかにして戦略的に勝利したかに重点を置いている。だからこそ、司馬本人は『坂の上の雲』を映像化する許可を最後まで出さなかったのだろう。映像になってしまうと、小説と違ってどうしても、愛国心を鼓舞する道具に使われたり、情念をかきたてるような見方をされてしまう危険をよく知っていたに違いない。

実際、NHKが映像化したドラマ版『坂の上の雲』では、特に後半の日露戦争の場面が、どうしても戦闘描写重視になって、小説を読む場合のように戦略の巧みさを納得いくように描く、というわけにはいかない。二〇三高地から日本海海戦まで、その戦闘描写は、秋山兄弟などの主役たちが戦場で活躍する様を戦争映画的に描写する作品に、結局はなってしまっている。

また、司馬自身が許可したとはいえ、NHKで大河ドラマになった『翔ぶが如く』も、結果的に、西郷軍の悲痛な戦いぶりを同情的に描くような、お涙頂戴の戦争ドラマと化してしまっている。あのドラマをみても、小説『翔ぶが如く』で読める西南戦争の理不尽な展開、無意味な戦闘の継続によって数万の旧薩摩士族がことごとく死んでいく無様な有様を、読み取ることは難しい。

司馬が明治を描いた小説は、決して戦争礼賛の作品ではない。にもかかわらず、『坂の上の雲』は、戦前日本の復活のためのプロパガンダとして喧伝されかねない。『翔ぶが如く』も、英雄・西郷を通じて軍国主義を礼賛するために利用されかねない。明治一五〇年の節目という今年、西南戦争の西郷軍も再評価されているが、情念に傾きがちで、復古主義に堕してしまいそうな雰囲気だ。もっとも、情念的な西郷評価の最たるものは江藤淳の『南洲残影』だといえるが、不幸中の幸いは、この本が今はほぼ忘れ去られていることだ。

とはいえ、昨今の西郷の再評価は、司馬が『翔ぶが如く』に書いた西郷への懐疑的見方とは全く異なるようだ。わかりやすい英雄豪傑としての西郷を礼賛する方向に向かっていて、司馬が

『翔ぶが如く』で多角的に論じた西郷の様々な様相を、冷静に分析しようとはしていない。

『翔ぶが如く』を読めばわかるはずなのだが、数多い維新の志士たち、特に三傑の中でも西郷だけを取り上げて賞賛することは、害の方が大きい。西郷一人をもてはやす姿勢は、明治初頭の不平士族たちと同じく、英雄待望論に傾斜することになりかねない。西郷をいたずらに英雄視することは、西南戦争をやむにやまれぬ情念の発露として再評価することになる。西郷＝西南戦争の美化は、その拡大版である太平洋戦争の礼賛につながりかねない危うさを秘めている。

そうならないためにも、司馬の幕末ものや明治ものを読むことを薦めたい。司馬の『翔ぶが如く』を読めば、維新の志士たちや明治の元勲たちを客観的に捉える視点を得ることができる。歴史上の偉人たちをむやみに美化するのではなく、反面教師としても学ぶ姿勢が可能になるのだ。

さて、本稿の締めくくりに、司馬が自身にとって理解できない西郷を無理に礼賛するのではなく、あるがまま美化せずに描き出した例をもう一度、振り返っておきたい。この章の初めに述べた三種類の西郷像のうち、三つ目、無能な西郷のイメージをも、司馬は容赦なく描いているのだ。


しかもかれらは自分のつくった明治国家をも気に入らず、明治十年までいっさい中央の指令をこばんで独立薩摩圏としてありつづけた。

「君たちはえたいが知れない」

この吉野郷の桐野どんの掘立小屋のようだったという生家のあとを訪ねたとき、正直なところそう思った。

（『翔ぶが如く』「はじめに」1巻　6頁）

このように、そもそもの初めから、司馬は西郷だけでなく、薩摩人そのものを、「得体が知れない」とまで、ズバリと言い切っている。薩摩と西郷について小説を書こうという最初に、その対象を「得体が知れない」と評するのは、なかなかできることではない。こういう率直さは、司馬の真骨頂といえよう。

かれはこの前年の明治元年十一月、本州における戊辰戦争が終了したあと、東京を去り、鹿児島に帰った。〈中略〉

——ぜひ、東京へ出てきてもらいたい。

と、東京から再三督促がきた。西郷のいない新政府というのは、常識として考えられない。が、西郷は固辞した。〈中略〉

その一つは、幕府を倒したものの、さてどういう国家をつくるべきか、西郷には具体案が何もなかったにちがいない。

気分は、ある。

しかし具体案がない以上、どうにもならない。

（同4巻　158頁）

ここで描かれた西郷には、維新の英雄とか元勲といったきらびやかな印象はどこにもない。まさに茫然自失としていたというしかない。

明治初年、戊辰戦争を終えて鹿児島へ帰ってしまった西郷を、新政府が上京するよう催促しているが、西郷は、なぜか東京の政府に出てこようとはしない。

この状況は、のちに、西郷が明治六年の政変に敗れて鹿児島へ帰った際と瓜二つだ。いずれも、新政府を背負って立つべき西郷が、新国家を担う能力を発揮できないままに、鹿児島に雌伏して、まるで第二革命を期待させるかのような立ち位置に潜んでいる。

事実、このあと廃藩置県に際して、西郷が薩摩士族の軍を率いて上京するというのが、「西郷の世直し」として噂された、という。実際は、廃藩置県を強行する場合、各地の反乱が予想されるので、政府の手持ちの兵力をあらかじめ用意する必要があった。それで西郷は、薩摩の兵力を東京の政府に供出したという事情だった。ところが、その動きが「世直し」と捉えられたことは、のちの西南戦争、士族の乱における、西郷さえ起き上がれば、という全国の士族の期待を先取りしていた。

だが、現実の西郷は、西南戦争でその凡将ぶりを晒してしまった。

実際、西郷は幕末の戦争においても、戦略や戦術に優れていたのではなく、統率力において群を抜いていた存在だったのだろう。

統率力に優れた西郷が官軍を率いたが、実際の作戦は、天才的な戦略眼をもつ長州の大村益次郎が完璧に立案し、作戦指導をしていた。大村の作戦プラス西郷の統率力、という図式にこそ戊辰戦争の勝因があったというのが、司馬が『花神』などで描いた倒幕戦争の物語だ。

ところが西南戦争では、陸軍大将・西郷はお飾りとなり、実際の戦闘は陸軍少将であった桐野と篠原が指揮した。だがこの両者は、かつての大村益次郎のような作戦の立案指導能力はもっていなかった。西南戦争時、西郷軍の作戦を担当する人物は残念ながらいなかったのだ。

それどころか、西南戦争の各局面で、多少なりともまともな作戦を提言する人物は何人もいたのだが、ことごとく桐野や篠原がその提言を握りつぶしてしまった。西郷が信頼したこの両名は、西南戦争を通じて無意味な正攻法をとり続け、そのせいで薩摩軍が無駄死にを増やしたことはまぎれもない。ということは、西南戦争の段階での西郷は、もし大村益次郎のような優れた参謀がいたとしてもその作戦を採用することはなかっただろう、と予想できるのだ。これでは、いかに薩摩軍が強かったとしても、大将の愚策のせいで負けた、ということは否めない。

それにしても、西郷が本当に愚策を採用するような凡将だったのなら、どうして多数の薩摩士族たちが付き従ったのだろうか？　その謎は、司馬の『翔ぶが如く』全巻を読み終えても、明確には語られないままだ。

だが、その答えはおぼろげながら、『翔ぶが如く』の中に示されている。

その箇所を、本稿の締めくくりの前にもう一度、振り返ってみたい。本書のまえがきでも引用した、この部分だ。

「先生は、非職の私人ではないか」

樺山は、いった。非職の私人が単身東上するならともかく、一万数千の兵をひきいて東上し、かつ、熊本鎮台に命令をくだすということは、あってよいことかどうか。そのことを、罵るようにしていった。〈中略〉

「その陸軍大将とは、身分というものだ」

樺山は、相手のわかりにくさに手を焼きつつ、いよいよ声を荒らげた。

「そういうことはない」

専使たちも、大声になった。

「陸軍大将は日本国の兵馬の権をもつ者で、西郷先生もそう申されている」

（同8巻　104頁）

このように、西郷が本当に陸軍大将を「日本国の兵馬の権をもつ者」と理解して、そのように行動していたのなら、これはおそるべき時代錯誤だ。まるで戦国期の将軍が突如、近代の初めに出現したかのようだ。

そもそも、この時点での陸軍大将という名称は、欧米の軍組織の大将とは違って、平安期の律令制度の職制から仮に名付けたものだった。元は律令制の近衛府の左大将、右大将から名前だけとったものなのだ。だから、近代陸軍である鎮台の組織の一階級というものではない。それもそのはずで、西郷が就いた陸軍大将は、近衛軍を率いて廃藩置県を実行した際に、新政府を守るべき士族の軍を統率するべくできたものだった。もともとが、鎮台の制度と別ルートでできた大将なのだ。

だから、陸軍大将が日本で唯一無二の存在だ、とする西郷や薩摩士族の解釈も、あながち間違いではないかもしれない。鎮台側は、西郷の陸軍大将を単なる身分の問題と片付けただろうが、西郷自身や薩摩士族は、本当に日本中の兵馬の権をもつ、と信じていたのかもしれない。文字通り、征夷大将軍のような存在をイメージしていたのだとすると、熊本鎮台への居丈高な指示も、不思議ではない。

だが、案外、そういう存在として自己規定していたからこそ、西郷は生きながらにして神性を纏ったのかもしれない。西郷が前近代のもの、戦国期の将軍がタイムスリップしたようなものだと考えると、司馬が小説の中に描ききれずに四苦八苦したのもうなずける。

現実に、目の前に戦国期以前の偉大な将軍がいたとしたら、その姿、その言葉に接した者たちが皆、魅力の虜となり、付き随うことになったのも、素直に理解できよう。

西郷とは保守思想家がいうような英雄的指導者などではなく、本当に「古今無双の英雄」というような、時代錯誤の最たる者だったのかもしれない。明治の時点では、たとえ西郷が本物の征夷大将軍だったとしても、日本中の兵馬の権をもったとしても、もはや近代陸軍を統率する権能はない。だから、西郷がもし熊本鎮台をその権威で従えて、九州を席巻したとしても、結局は近代陸軍の物量作戦の前に潰えてしまうしかない。実際、幕末の時点ですでに、本物の征夷大将軍だった徳川慶喜が長州征伐をやろうとして、できなかったという実例があるのだから、西郷が陸軍大将として同じことをやろうとしても、結局は時代錯誤でしかなかったのだ。

このように、司馬が描こうとした「虚像」の西郷とは、別時空からタイムスリップした数百年前の偉大な将軍のような人物だったと考えると、その矛盾や理解しがたい点も、なんとなく納得できるのではなかろうか。

小説の中で、薩摩士族たちが「陸軍大将は日本国の兵馬の権をもつ者で、西郷先生もそう申されている」と信じきって主張し、近代陸軍の軍人がそのあまりに時代錯誤な言い分に絶句したのは、西郷の無能や夜郎自大というよりも、完全に異質な時間軸の存在が、突如目の前に出現した驚きだったのかもしれない。そう考えれば、西郷率いる薩摩軍と近代陸軍の間の相互理解の不可能さも、戦争をせざるを得なかった必然性も、なんだか腑に落ちるように思うのだ。だとすると、司馬が描いた西南戦争と西郷の生き様は、歴史の問題というより、文明の過渡期における思想的課題だったのかもしれない。司馬が問いかける西郷という虚像の解明は、『翔ぶが如く』を読み終えたところから改めて始まるのだ。

（了）

あとがき

二〇一八年七月下旬、深夜の南東の空に、凶々しいまでに赤く輝いている火星が見えた。

この時期、火星との距離が非常に近くなるとは聞いていたが、大接近するとここまで大きく見えるとは驚いた。まさに「西郷星」そのものだ。あの赤い星を西郷星と呼んだ百四十年前の人々の想像力がよくわかる。

折しも今年は明治百五十年、西郷隆盛の再ブームで、大河ドラマも西郷が主役だ。

西南戦争の最中、西郷星と呼ばれる妖星が輝いていたのは、当時大接近していた火星だったという。

今年の火星も、西郷星のように不吉な何かを連れてきたのだろうか?

あるいは、人々は百四十年前と同じく、この火星に何かを祈るのだろうか?

＊　＊　＊

司馬遼太郎は大作『翔ぶが如く』で、不気味な西郷星のことよりも、むしろ「西郷札」に興味を示している。西郷札とは、西南戦争時に薩軍が発行した軍票だ。果たして西郷隆盛は、自分の名をとったこの西郷札が、日本円に代わって通貨となるような未来を思い描いていたのだろうか。

西郷について小説に描くとき、司馬はその軍神的なカリスマ性よりも、若き日にそろばんが得意だったという経済観念の方に興味をもっていたような気配だ。その西郷が起こした西南戦争は、経済観念の裏付けのない無謀な戦いだったというのが司馬の見立てだ。

若い頃から算術に長けていたはずの西郷が、どうして経済的に成り立たない戦いを起こしてしまったのか?という疑問を、司馬は大作の中で解き明かそうとしたようにも思える。

司馬遼太郎が晩年、書きたくてどうしても書けなかった「ノモンハンと統帥権」の小説とは、『翔ぶが如く』のような小説をもう一度、書き直すことを意味したのだろう。しかも、ノモンハンや昭和の陸軍の物語には、『翔ぶが如く』に描かれたような幕末の志士たちの生き残りはもういない。明治初年の民衆の中から現れた英邁な心性の持ち主たちも、素朴だが賢明な活動家たちも、もはや物語の中に登場させられない。

「ノモンハンと昭和の統帥権」物語では、西郷のいない西南戦争、を描く羽目になる。薩摩士族たちの高貴な野蛮さの代わりに、卑小な小人物ばかりが権勢欲に取り憑かれて異国の大地を奪う、不毛な物語を書き直すことになる。

その苦しさをわかっていたので、司馬はどうしても筆が乗らなかったのだろう。

＊　＊　＊

二十代からずっと、司馬遼太郎についての本を書きたいと思っていて、四十代で『坂の上の雲』の読解本を講談社から刊行することができた。ちょうどＮＨＫドラマ『坂の上の雲』の放映にタイミングを合わせたので、そこそこ売れた。しかし内容的には、「子供にもわかるように解説する」というコンセプトが足かせになって、十分な考察とはいえないものになってしまった。

今回、『翔ぶが如く』の読解を本にしようと思ったのは、まえがきにも書いたように、昨今の日本の現状をみるにつけ、司馬がすでにこの大作の中で書いていたことが再び現出しているのではないか？との疑いを抱いたからだ。

日本の政治が、欧米先進国のように民主主義を貫くことが難しいのは、司馬が『翔ぶが如く』の前半部分で詳細に書いたように、明治政府が民主主義より有司専制を優先した後遺症ではないか。

日本人が、政治家に政策立案力や現実処理能力よりも清廉潔白さを求める傾向は、司馬がこの大作で描いた明治の政治家たちを理想像にしているからではあるまいか。

同じく、日本人が政策ではなく人物によって政治を考えようとするのは、司馬が描いた西郷と大久保の対立構図にその源を求められるかもしれない。

また、日本人が犯人逮捕をもってほぼ有罪だと思っており、推定無罪を重要視しないのは、司馬が描いたように、明治政府の警察が司法警察ではなく内務省の行政警察偏重だったことの反映だろうか。日本警察の生みの親たる川路利良がナポレオン時代のパリ警察をお手本にしたわりには、人民の保護者的な存在にはついになれなかったように思える。

そして、日本人が西郷を好きな理由は、司馬が大作の中で執拗なまでに書いたその多くの欠点を含めて、西郷が日本の為政者の理想像に祭り上げられたせいだと思える。それがたとえ薩摩人の中でしか通じない感覚だったとしても、西郷の英雄的イメージは拡散していき、全国それぞれの政治状況の中で理想像として拡大解釈された。救世主を持たない日本人の感性の中に、救国の英雄という理想像が物語の中で完成されていった。

それはいいとしても、あくまでその救国の英雄像は虚構であり、一度は滅びたものだということも、二十一世紀の我々は理解しておかなければならない。だからこそ、『翔ぶが如く』を読んで、西郷隆盛の多面的な人物像を理解しておく必要があるのだ、と筆者は思う。

参考文献（著者五十音順）

江藤淳『海は甦える』第一部〜第五部　文春文庫
――（福田和也　編）『江藤淳コレクション4　文学論Ⅱ』ちくま学芸文庫
――『南洲残影』文藝春秋
――『南洲随想　その他』文藝春秋
海音寺潮五郎『江戸開城』新潮文庫
小島慶三『戊辰戦争から西南戦争へ』中公新書
佐々木克　監修『大久保利通』講談社学術文庫
司馬遼太郎『街道をゆく8　熊野・古座街道、種子島みち　ほか』朝日文庫
――『花神』上・中・下　新潮文庫
――『歳月』上・下　講談社文庫
――『坂の上の雲』一〜八　文春文庫
――『関ヶ原』上・中・下　新潮文庫
――『翔ぶが如く』一〜十　文春文庫
――『幕末』文春文庫
――『燃えよ剣』上・下　新潮文庫
――『世に棲む日日』一〜四　文春文庫
――『竜馬がゆく』一〜八　文春文庫
――『歴史の中の日本』中公文庫

谷沢永一『紙つぶて〔完全版〕』ＰＨＰ文庫
徳富蘇峰『西南の役（近世日本国民史）』一〜七　講談社学術文庫
奈倉哲三　保谷徹　箱石大　編　『戊辰戦争の新視点』上・下　吉川弘文館
橋本昌樹『田原坂』中公文庫
三島由紀夫『豊穣の海』二『奔馬』新潮文庫
水上勉『金閣炎上』新潮文庫
村松剛『醒めた炎』一〜四　中公文庫
毛利敏彦『江藤新平　急進的改革者の悲劇　増補版』中公新書
芳即正　毛利敏彦　編著　『図説　西郷隆盛と大久保利通』河出書房新社
『図説　幕末・維新の鉄砲大全』洋泉社ＭＯＯＫ

司馬作品の引用ページは原則として文庫旧版による。

執筆者略歴

土居　豊（どい ゆたか）

作家・文芸ソムリエ

1967年大阪生まれ。大阪芸術大学卒。

2000年、村上春樹論の連載で関西文学選奨奨励賞受賞。

同年、評論『村上春樹を歩く』（浦澄彬名義／彩流社）刊行。

2005年、音楽小説『トリオ・ソナタ』（図書新聞）で小説家としてもデビュー。

2009年、評論『村上春樹を読むヒント』（KKロングセラーズ）刊行。評論『坂の上の雲を読み解く！　これで全部わかる、秋山兄弟と正岡子規』（講談社）刊行。

2010年、評論『村上春樹のエロス』（KKロングセラーズ）刊行。

2011年、第2回ブクログ大賞にノミネート。

2012年、評論『ハルキとハルヒ　村上春樹と涼宮ハルヒを解読する』（大学教育出版）刊行。

2013年、評論『沿線文学の聖地巡礼　川端康成から涼宮ハルヒまで』（関西学院大学出版会）刊行。

2014年、『いま、村上春樹を読むこと』（関西学院大学出版会）刊行。

同年、毎日新聞夕刊に小説『傘』を掲載。

2015年、評論『司馬遼太郎の文学を読む　『坂の上の雲』と幕末・明治の大阪』（電子書籍版）刊行。

2016年、評論『ミリオンセラーの生まれ方　「君の名は。」はセカチューかノルウェイか?』（電子書籍版）刊行。小説『供犠　トリオソナタ2』（電子書籍版）刊行。小説『オレンジ Motojiro Kajiiに捧ぐ』を総合マンガ誌「キッチュ」第七号（ワイズ出版創刊号）に掲載。

2017年、評論『真田幸村VS徳川家康　なぜ司馬遼太郎は幸村贔屓でアンチ家康だったのか?』（電子書籍版）刊行。評論『村上春樹で味わう世界の名著』（電子書籍版）刊行。

2017年、共著『西宮文学案内』（河内厚郎監修　関西学院大学出版会）刊行。


村上春樹論や司馬遼太郎論、「涼宮ハルヒ」論などの講義・講演を各地の市民講座や図書館、大学（大阪大学、関西学院大学等）で実施。大阪や阪神間で村上春樹読書会、文学散歩など文芸ソムリエとしての活動を展開。朝日放送「ビーバップ!ハイヒール」などのテレビ出演、ラジオ出演多数。

司馬遼太郎『翔ぶが如く』読解
西郷隆盛という虚像

2018年11月30日 初版第一刷発行

著　者　土居　豊

発行者　田村和彦
発行所　関西学院大学出版会
所在地　〒662-0891
　　　　兵庫県西宮市上ケ原一番町1-155
電　話　0798-53-7002

印　刷　協和印刷株式会社

Printed in Japan by Kwansei Gakuin University Press
ISBN 978-4-86283-267-2

理 コトワリ

KOTOWARI
No.75
2025

五〇〇点刊行記念

関西学院大学出版会の総刊行数が五〇〇点となりました。
草創期とこれまでの歩みを歴代理事長が綴ります。

1997–2025

関西学院大学出版会
KWANSEI GAKUIN UNIVERSITY PRESS

自著を語る

未来の教育を語ろう

關谷《せきや》　武司《たけし》
関西学院大学教授

著者は現在六四歳になります。思えば、自身が大学に入学した頃に、パーソナル・コンピューター（PC）というものが世に現れ、最初はソフトウェアもほとんどなく、研究室にあるただの箱のような扱いでした。それが、毎年毎年数倍の革新的な能力アップを遂げ、あっという間に、PCなくしては、研究だけでなく、あらゆるオフィス業務が考えられない状況が出現しました。その後のインターネットの充実は、さらに便利な社会をもたらし、近年はクラウドやバーチャルという空間まで生み出しました。そして、数年前から、ついに人工知能（AI）の実用化が始まり、人間の能力を超える存在にならんとしつつあります。ここまでの激的な変化が、わずか人間一代の時間軸の中で起こってきたわけです。

もはや、それまでの仕事の進め方は完全に時代遅れとなり、昨年まであった業務ポストがなくなり、人間の役割が問い直されるまでに至りました。この影響は、すでに学びの場、学校や大学にも及んでいます。

これまで生徒に対してスマホートフォンの使用を制限していた中学や高等学校では、タブレットが導入され、AIを使う生徒の姿に教師が戸惑う光景が見られるようになりました。教室で、AIなどの先進科学技術を利用しながら、子どもたちに、何を、どのように学ばせるべきなのか。これは避けて通れない目の前のことで、教育者はいま、その解を求められています。しかし、学校現場は日々の業務に忙殺されており、立ち止まって現状を見直し、高い視点に立って将来を見据えて考える、そんな時間的余裕などはとてもありません。ただただ、「これでいいわけはない」「今後に向けてどのような教育があるべきか」

など、焦燥感だけが募る毎日。

この書籍は、そのような状況にたまりかねた著者が、仲間うちの教育関係者に訴えかけて円卓会議を開いた、そのときに話された内容を記録したものです。まずは、僭越ながら著者が基調講演をおこない、続いて小学校から高等学校までの現場の先生方、そして教育委員会の指導主事の先生方にグループ討議をしていただきました。それぞれの教育現場における課題や懸念、今後やるべき取り組みやアイデアの提示を自由に話し合い、互いに共有しました。そして、それを受けて、大学の異なるご専門の先生方から、大学としていかなる変革が必要となるか、コメントを頂戴しました。実に有益なご示唆をいただくことができました。

では、私たちはどのような一歩を歩み出すべきなのでしょうか。社会の変化は非常に早い。

そこで、小学校から高等学校までの学校教育に多大な影響を及ぼしている大学教育に着目しました。それはまた、輩出する卒業生を通して社会に対しても大きな影響を及ぼす存在です。

一九七〇年にOECDの教育調査団から、まるでレジャーランドの如くという評価を受けてから半世紀以上が経ちました。もはや、このまま変わらずにはいられない大学教育に関して、大胆かつ具体的に、これからの日本に求められる理想としての大学の姿を提示してみました。遠いぼんやりした次世紀の大学ではなく、シンギュラリティが到来しているかもしれない、二〇五〇年を具体的にイメージしたとき、どういう教育理念で、どのようなカリキュラムを、どのような教授法で実施するのか。いま現在の制約をすべて取り払い、自らが主体的に動ける人材を生み出すために、妥協を廃して考えた具体的なアイデアを提示する。この奇抜な挑戦をやってみました。

このような大学がもし本当に出現したなら、社会にどのようなインパクトを及ぼすでしょうか。消滅しつつある、けれど本来は資源豊かな地方に設立されたら、どれほどの効果を生み出すでしょうか。その影響が共鳴しだせば、日本全体の教育を変えていくことにもつながるのではないでしょうか。

そんな希望を乗せて、この書籍を世に出させていただきました。批判も含め、大いに議論が弾む、その礎となることを願っています。

関西学院大学出版会の誕生と私

荻野《おぎの》　昌弘《まさひろ》
関西学院理事長

一九九五年は、阪神・淡路大震災が起こった年である。関西学院大学も、教職員・学生の犠牲者が出て、授業も一時中断した。この年の秋、大学生協書籍部の谷川恭生さん、岡見精夫さんと神戸三田キャンパスを見学しに行った。新しいキャンパスに総合政策学部が創設されたのは、震災が起こった一九九五年の四月のことである。震災という不幸にもかかわらず、神戸三田キャンパスの新入生は、活き活きとしているように見えた。

その後、三田市ということで、三田屋でステーキを食べた。その時に、私が、そろそろ、単著を出版したいと話して、具体的な出版社名も挙げたところ、谷川さんがそれよりもいい出版社があると切り出した。それは、関西学院大学生活協同組合出版会のことで、たしかに蔵内数太著作集全五巻を出版している。生協の出版会を基に、本格的な大学出版会を作っていけばいいという話だった。

震災は数多くの建築物を倒壊させた。それは、不幸なできごとであったが、そこから新たな再建、復興計画が生まれる。何か新しいものを生み出したいという気運が生まれてくる。私は、谷川さんの新たな出版会創設計画に大きな魅力を感じ、積極的にそれを推進したいという気持ちになった。

そこで、まず、出版会設立に賛同する教員を各学部から集め、設立準備有志の会を作った。岡本仁宏（法）、田和正孝（文）、田村和彦（経＝当時）、広瀬憲三（商）、浅野考平（理＝当時）の各先生が参加し、委員会がまず設立された。また、経済学部の山本栄一先生から、おりに触れ、アドバイスをもらうことになった。

出版会を設立するうえで決めなければならないのは、まずその法人格をどのようにするかだが、これは、財団法人を目指す任意団体にすることにした。そして、何よりの懸案事項は、出版資金をどのように調達するかという点だった。あるときに、たしか当時、学院常任理事だった、私と同じ社会学部の高坂健次先生から山口恭平常務に会いにいけばいいと言われ、単身、常務の執務室に伺った。山口常務に出版会設立計画をお話し、資金を融通してもらいたい旨お願いした。山口さんは、社会学部の事務長を経験されており、そのときが一番楽しかったという話をされ、その後に、一言「出版会設立の件、承りました」と言われた。事実上、出版会の設立が決まった瞬間だった。

その後、書籍の取次会社と交渉するため、何度か東京に足を運んだ。そのとき、谷川さんと共に同行していたのが、今日まで、出版会の運営を担ってきた田中直哉さんである。東京出張の折には、よく酒を飲む機会があったが、取次会社の紹介で、高齢の女性が、一人で自宅の応接間で営むカラオケバーで、バラのリキュールを飲んだのが、印象に残っている。

取次会社との契約を無事済ませ、社会学部教授の宮原浩二郎編集長の下、編集委員会が発足し、震災から三年後の一九九八年に、最初の出版物が刊行された。

ところで、当初の私の単著を出版したいという目的はどうなったのか。出版会設立準備の傍ら、執筆にも勤しみ、第一回の刊行物の一冊に『資本主義と他者』を含めることがかなった。新たな出版会で刊行したにもかかわらず、書評紙にも取り上げられ、また、読売新聞が、出版記念シンポジウムに関する記事を書いてくれた。当時大学院生で、その後研究者になった方々から私の本を読んだという話を聞くことがあるので、それなりの反響を得ることができたのではないか。書店で『資本主義と他者』を手にとり、読了後すぐに連絡をくれたのが、当時大阪大学大学院の院生だった、山泰幸人間福祉学部長である。また、いち早く、論文に引用してくれたのが、今井信雄社会学部教授（当時、神戸大学の院生）で、今井論文は後に、日本社会学会奨励賞を受賞する。出版会の立ち上げが、新たなつながりを生み出していることは、私にとって大きな喜びであり、出版会が、今後も知的ネットワークを築いていくことを期待したい。

『資本主義と他者』1998年

資本主義を可能にしたものは？　他者の表象をめぐる闘争から生まれる、新たな社会秩序の形成を、近世思想、文学、美術等の資料をもとに分析する

草創期をふり返って

宮原《みやはら》　浩二郎《こうじろう》
関西学院大学名誉教授

関西学院大学出版会の刊行書が累計で五〇〇点に到達した。ホームページで確認すると、設立当初の一〇年間は毎年一〇点前後、その後は毎年二〇点前後のペースで刊行実績を積み重ねてきたことがわかる。あらためて今回の「五〇〇」という大台達成を喜びたい。

草創期の出版企画や運営体制づくりに関わった初代編集長として当時をふり返ると、何よりもまず出版会立ち上げの実務を担った谷川恭生氏の面影が浮かんでくる。当時の谷川さんは関学生協書籍部の「マスター」として、関学内外の多くの大学教員や研究者を知的ネットワークに巻き込みながら、学術書を中心に本の編集、出版、流通、販売の仕組みや課題を深く研究し、全国の書店や出版社、取次会社に多彩な人脈を築いていた。谷川さんに連れられて、東京の大手取次会社を訪問した帰りの新幹線で、ウィスキーのミニボトルをあけながら夢中で語り合い、気がつくともう新大阪に着いていたのをなつかしく思い出す。

数年後に病を得た谷川さんが実際に手にとることができた新刊書は当初の五〇点ほどだったはずである。今や格段に充実した刊行書のラインアップに喜び、深く安堵してくれているにちがいない。それはまた、谷川さんの知識経験や文化遺伝子を引き継いだ、田中直哉氏はじめ事務局・編集スタッフによる献身と創意工夫の賜物でもあるのだから。

草創期の出版会はまず著者を学内の教員・研究者に求め「関学の」学術発信拠点としての定着を図る一方、学外の大学教員・研究者にも広く開かれた形を目指していた。そのためすでに初期の新刊書のなかに関学教員の著作に混じって学外の大学教員・研究者による著作も見受けられる。その後も「学内を中心としながら、学外の著者にも広く開かれている」という当初の方針は今日まで維持され、それが刊行書籍の増加や多様性の確保にも少なからず貢献してきたように思う。

　他方、新刊学術書の専門分野別の構成はこの三〇年弱の間に大きく変わってきている。たとえば出版会初期の五年間と最近五年間の新刊書の「ジャンル」を見比べていくと、現在では当初よりも全体的に幅広く多様化していることがわかる。「社会・環境・復興」（災害復興研究を含むユニークな「ジャンル」）や「経済・経営」は現在まで依然として多いが、いずれも新刊書全体に占める比重は低下し、「法律・政治」「福祉」「宗教・キリスト教」「関西学院」「エッセイその他」にくわえて、当初は見られなかった「言語」や「自然科学」のような新たな「ジャンル」が加わっている。何よりも目立つ近年の傾向は、「哲学・思想」や「文学・芸術」のシェアが顕著に低下する一方、「教育・心理」や「国際」、「地理・歴史」のシェアが大きく上昇していることである。

　こうした「ジャンル」構成の変化には、この間の関西学院大学の学部増設（人間福祉、国際、教育の新学部、理系の学部増設など）がそのまま反映されている面がある。ただ、その背景には関学だけではなく日本の大学の研究教育をめぐる状況の変化もあるにちがいない。思い返せば、関西学院大学出版会の源流の一つに、かつて谷川さんが関学生協書籍部で編集していた書評誌『みくわんせい』（一九八八―九二年）がある。それは当時の「ポストモダニズム」の雰囲気に感応し、最新の哲学書や思想書の魅力を伝えることを通して、専門の研究者や大学院生だけでなく広く読書好きの一般学生の期待に応えようとする試みでもあった。出版会草創期の新刊書にみる「哲学・思想」や「文学・芸術」のシェアの大きさとその近年の低下には、そうした一般学生・読者ニーズの変化という背景もあるように思う。関西学院大学出版会も着実に「歴史」を刻んできたことにあらためて気づかされる。これから二、三十年後、刊行書「一〇〇〇点」達成の頃には、どんな「ジャンル」構成になっているだろうか、今から想像するのも楽しみである。

『みくわんせい』
創刊準備号、1986年
この書評誌を介して集った人たちによって関西学院大学出版会が設立された

関西学院大学出版会への私信

田中《たなか》　きく代《よ》
関西学院大学名誉教授

私は出版会設立時の発起人ではありませんでしたが、初代理事長の荻野昌弘さん、初代編集長の宮原浩二郎さんから設立のお話をいただいて、気持ちが高まりワクワクしたことを覚えています。発起人の方々の熱い思いに感銘を受けてのことで、「田中さん、研究発進の出版部局を持たないと大学と言えないよね」という誘いに、もちろん「そうよね!!」と即答しました。皆さんの良い本をつくりたいという理想も高く、何度も会合がもたれました。ことに『理』の責任者であった生協の書籍におられた谷川恭生さんのご尽力は並々ならないものであったと感謝しております。谷川さんを除けば、皆さん本屋さんの出版にはさほど経験がなく、苦労も多かったのですが、苦労よりも新しいものを生み出すことに嬉々としていたように思います。

私は、設立から今日まで、理事として編集委員として関わらせていただき、一時期には理事長の要職に就くことにもなりましたが、荻野さん、宮原さん、山本栄一先生、田村和彦さん、大東和重さん、前川裕さん、田中直哉さん、戸坂美果さんと、指を折りながら思い返し、多くの編集部の方々のおかげで、やってくることができたと実感しています。五〇〇冊記念を機に、まずは感謝を申し上げ、いくつか関西学院大学出版会の「いいとこ」を宣伝しておきたいと思います。

「関学出版会の『いいとこ』は何？」と聞かれると、本がとても「温かい」と答えます。出版会の出版目録を見ていると、それぞれの本が出来上がった時の記憶が蘇ってきますが、どの本も微笑んでいます。教員と編集担当者が率先して一致協力して運営に関わっていることが、妥協しないで良い本をつくろうとすることからくる真剣な取り組みとなっているのです。出版会の本は丁寧につくられ皆さんの心が込められているのです。

また、本をつくる喜びも付け加えておきます。毎月の編集委員会では、新しい企画にいつもドキドキしています。私事ですが、私は歴史学の研究者の道を歩んできましたが、同時にどこかでいつか本屋さんをやりたいという気持ちがあったことは否定できません。関学出版会では、自らの本をつくる時など特にそうですが、企画から装丁まですべてに自分で直接に関わることができるのですよ。こんな嬉しいことがありますか。

皆でつくるということでは、夏の拡大編集委員会の合宿も思い出されます。毎夏、有馬温泉の「小宿とうじ」で実施されてきましたが、そこでは編集方針について議論するだけではなく、毎回「私の本棚」「思い出の本」「旅に持っていく本」などなどの議題が提示されました。自分の好きな本を本好きの他者に「押しつけ？」、本好きの他者から「押しつけられる？」楽しみを得る機会が持てたことも私の財産となりました。夕食後には皆で集まって、学生時代のように深夜まで喧々諤々の時間を過ごしてきたことも楽しい思い出です。今後もずっと続けていけたらと思っています。

記念事業としては、設立二〇周年の一連の企画がありましたが、記念シンポジウム「いま、ことばを立ち上げること」では、田村さんのご尽力で、「ことばの立ち上げ」に関わられた諸氏にお話しいただき、本づくりの大切さを再確認することができました。今でも「投壜通信」というのがビンビン響いてきます。文字化される「ことば」に内包される心、誰かに届けたい「ことば」のことを、本づくりの人間は忘れてはいけないと実感したものです。

インターネットが広がり、本を読まない人が増えている現状で、今後の出版界も変革を求められていくでしょうが、大学出版会としては、学生に「ことば」を伝える義務があります。ネット化を余儀なくされ「ことば」を伝えるにも印刷物ではなくなることも増えるでしょう。だが、学生に学びの「知」を長く蓄積し生涯の糧としていただくには、やはり「本棚の本」が大切だと思います。出版会の役割は重いですね。

『いま、ことばを立ち上げること』
K.G. りぶれっとNo. 50、2019年

2018年に開催した関西学院大学出版会設立20周年記念シンポジウムの講演録

ふたつの追悼集

田村《たむら》　和彦《かずひこ》
関西学院大学名誉教授

荻野昌弘さんの原稿で、一九九五年の阪神淡路の震災が出版会誕生の一つのきっかけだったことを思い出した。今から三〇年前になる。ぼく自身は一九九〇年に関西学院大学に移籍して間もなくだった。震災との直接のつながりは思いつかないが、新たな出発に向けての思いが大学に満ちていたことは確かである。

ぼく自身と出版会とのかかわりは、当時関学生協書籍部にいた谷川恭生さんに直接声をかけられたことから始まる。谷川さんの関西学院大学出版会発足にかけた情熱については、本誌で他の方々も触れているとおりである。残念ながら、出版会がどうやら軌道に乗り始めた二〇〇四年にわずか四九歳で急逝した谷川さんには、翌年に当出版会が出した追悼文集『時（カイロス）の絆』に学内外の多くの方々が思いを寄せている。出版会についていえば、前身には発足の十年近く前から谷川さんが発行していた書評誌『みくわんせい』があったことも忘れえない。『みくわんせい』のバックナンバーの書影は前記追悼集に収録されている。出版会を立ちあげて以来発行されてきたこの小冊子『理』にしても、最初は彼が構想する大学発の総合雑誌の前身となるべきものだったと記憶している。「理」を「ことわり」と読むことにこだわったのも彼である。谷川さんのアイデアは尽きることなく広がり、何度かの出版会主催のシンポジウムも行われた。そんななか、出版会が発足してからもいつもは外野のにぎわわせ役を決めこんでいたぼくに、谷川さんから研究室に突然電話が入り、「編集長になりませんか」という依頼があった。なんとも闇雲な頼みで、答えあぐねているうちにいつの間にやら引き受けることになってしまった。その後編集長として十数年、その後は出版会理事長として谷川さんが蒔いた種から育った出版会の活動を、不十分ながら引き継いできた。

関学出版会を語るうえでもう一人忘れえないのが山本栄一氏で

ある。山本さんは阪神淡路の震災の折、ちょうど経済学部の学部長で、ぼく自身もそこに所属していた。学部運営にかかわる面倒なやり取りに辟易していたぼくだが、震災の直後に山本さんが学部活性化のために経済学部の教員のための紀要刊行費を削って、代わりに学部生を巻きこんで情報発信と活動報告を行う経済学部広報誌『エコノフォーラム』を公刊するアイデアを出したときには、それに全面的に乗り、編集役まで買って出た。それをきっかけに学部行政以外のつき合いが深まるなかで、なんとも型破りで自由闊達な山本さんの人柄にほれ込むことになった。発足間もない関学出版会についても、学部の枠を越えて、教員ばかりか事務職にまで関学随一の広い人脈を持つ山本さんの「拡散力」と「交渉力」が大いに頼みになった。一九九九年に関学出版会の二代目の理事長に就かれた山本さんは、毎月の編集会議にも、当時千刈のセミナーハウスで行なわれていた夏の合宿にも必ず出席なさった。堅苦しい会議の場は山本さんの一見脈絡のないおしゃべりをきっかけに、どんな話題に対しても、誰に対しても開かれた、くつろいだ自由な議論の場になった。本の編集・出版という作業は、著者だけでなく、編集者・校閲者も巻きこんで、まったくの門外漢や未来の読者までを想定した、実に楽しい仕事になった。山本さんは二〇〇八年の定年後も引き続き出版会理事長を引き受けてくださったが、二〇一一年に七一歳で亡くなられた。没後、関学出版会は上方落語が大好きだった山本さんを偲んで『賑わいの交点』という追悼文集を発刊している。

　出版会発足二八年、刊行点数五〇〇点を記念するにあたって特にお二人の名前を挙げるのは、お二人のたぐいまれな個性とアイデアが今なお引き継がれていると感じるからである。二つの追悼集のタイトルをつけたのは実はぼくだった。いま、それを久しぶりに紐解いていると関西学院大学出版会の草創期の熱気と、それを継続させた人的交流の広さと暖かさとが伝わってくる。

『賑わいの交点』
山本栄一先生追悼文集、
2012年（私家版）

39名の追悼寄稿文と、山本先生の著作目録・年譜・俳句など

『時（カイロス）の絆』
谷川恭生追悼文集、
2005年（私家版）

21名の追悼寄稿文と、谷川氏の講義ノート・『みくわんせい』の軌跡を収録

連載

スワヒリ詩人列伝

第8回　政権の御用詩人、マティアス・ムニャンパラの矛盾

小野田　風子

スワヒリ語詩、それは東アフリカ海岸地方の風土とイスラム的伝統に強く結びついた世界である。そのなかで、内陸部出身のキリスト教徒として初めてシャーバン・ロバート（本連載第2回〔『理』59号〕参照）に次ぐ大詩人として認められたのが、今回の詩人、マティアス・ムニャンパラ（Mathias Mnyampala, 1917–1969）である。

ムニャンパラは一九一七年、タンガニーカ（後のタンザニア）中央部のドドマで、ゴゴ民族の牛飼いの家庭に生まれる。幼いころから家畜の世話をしつつ、カトリック教会で読み書きを身につけた。政府系の学校で法律を学び、一九三六年から亡くなるまで教師や税務署員、判事など様々な職に就きながら文筆活動を行った。これまでに詩集やゴゴの民族誌、民話など十八点の著作が出版されている（Kyamba 2016）。

詩人としてのムニャンパラの最も重要な功績とされているのは、「ンゴンジェラ」（ngonjera）注1という詩形式の発明である。独立後のタンザニアは、初代大統領ジュリウス・ニェレレの強い指導力の下、社会主義を標榜し、「ウジャマー」（Ujamaa）と呼ばれる独自の社会主義政策を推進した。ニェレレは当時のスワヒリ語詩人たちに政策の普及への協力を要請し、詩人たちはＵＫＵＴＡ（Usanifu wa Kiswahili na Ushairi Tanzania）という文学団体を結成した。ＵＫＵＴＡの代表として政権の御用詩人を引き受けたムニャンパラが、非識字の人々に社会主義の理念を伝えるのに最適な形式として創り出したのが、ンゴンジェラである。これは、詩の中の二人以上の登場人物が政治的なトピックについて議論を交わすという質疑応答形式の詩である。ムニャンパラがまとめた詩集『ＵＫＵＴＡのンゴンジェラ』（*Ngonjera za Ukuta I & II*, 1971, 1972）はタンザニア中の成人教育の場で正式な出版前から活用され、地元紙には類似の詩が多数掲載された。

ムニャンパラの詩はすべて韻と音節数の規則を完璧に守った定型詩である。ンゴンジェラ以外の詩では、言葉の選択に細心の注意が払われ、表現の洗練が追求されている。詩の内容は良い生き方を諭す教訓的なものや、物事の性質や本質を解説するものが目立つ。詩のタイトルも、「世の中」「団結」「嫉妬」「死」など一語が多く、詩の形式で書かれた辞書のようでさえある。美徳や悪徳、無力さといった人間に共通する性質を扱う一方、差別や植民地主義への明確な非難も見られ、人類の平等や普遍性について

書いた詩人と大まかに評価できよう。

一方、ムニャンパラのンゴンジェラは、それ以外の詩と比べて深みや洗練に欠けると言われる。ムニャンパラは「庶民の良心」であることを放棄し、「政権の拡声器」に成り下がったとも批判されている (Ndulute 1985: 154)。知識人が無知な者を啓蒙するというンゴンジェラの基本的な性質上、確かにそこには、人間や物事の単純化や、善悪の決めつけ、庶民の軽視が見られる。人間の共通性や普遍性に焦点を当てるヒューマニズムも失われている。表現の推敲の跡もあまり見られず、政権のスローガンをただ詩の形式に当てはめただけのようである。以下より、ムニャンパラのンゴンジェラが収められている『UKUTAのンゴンジェラI』と、一般的な詩が収められている『ムニャンパラ詩集』(*Diwani ya Mnyampala*, 1965)、そして『詩の教え』(*Waadhi wa Ushairi*, 1965) から、実際にいくつか詩を見てみよう。

『UKUTAのンゴンジェラI』内の「愚かさは我らが敵」では、「愚か者」が以下のように発言する。「みんな私をバカだと言う　学のない奴と／私が通るとみんなであざけり　友達でさえ私を笑う／悪口ばかり浴びせられ　言葉数さえ減ってきた／さあ、確かなことを教えてくれ　私のどこがバカなんだ?」それに対し、「助言者」は、「君は本当にバカだな　そう言われるのももっともだ／だって君は無知だ　教育されていないのだから／君は幼子、背負われた子どもだ／教育を欠いているからこそ　君はバカなのだ」と切り捨てる。その後のやり取りが続けられ、最後には「愚か者」が、「やっと理解した　私の欠陥を／勉強に邁進し　愚かさから抜け出そう／そして味わおう　読書の楽しみを／確かに私は　バカだったのだ」と改心する (Mnyampala 1970: 14-15)。

一方、『詩の教え』内の詩「愚か者こそが教師である」では、「愚か者」についての認識に大きな違いがある。詩人は、「愚か者はこし器のようなもの　知覚を清めることができる／愚か者こそが、賢者を教える教師なのである」(Mnyampala 1965b: 55) と、ンゴンジェラとは異なる思慮深さを見せる。また、上記のンゴンジェラに見られる教育至上主義は、『詩の教え』内の別の詩「高貴さ」とも矛盾する。

> たとえば人の服装や金の装身具／あるいは大学教育や宗教の知識に驚かされることはあっても／それが人に高貴さをもたらすわけではない　そういったものに惑わされるな／服は高貴さとは無縁だ　高貴さとは信心なのだ
>
> 高貴さとは信心である　読書習慣とは関係ない／スルタンであることや、ローマ人やアラブ人であることでもない／それは心の中にある信心　慈悲深き神を知ること／騒乱は高貴さには似合わない　高貴さとは信心なのだ (Mnyampala 1965b: 24)

同様の矛盾は、社会主義政策の根幹であったウジャマー村についての詩にも見出せる。一九六〇年代末から七〇年代にかけて、平等と農業の効率化を目的として、人工的な村における集団農業の実施が試みられた。『ＵＫＵＴＡのンゴンジェラ』内の詩「ウジャマー村」では、政治家が定職のない都市の若者に、村に移住し農業に精を出すよう諭す。若者は「彼らが言うのだ　私たちは町を出ないといけないと／ウジャマー村というが　何の利益があるんだ？」と疑問を投げかけ、「この私がどんな利益を上げられるだろう？／体には力はなく　何も収穫することなどできない」、「なぜ一緒に暮らさないといけないのか　どういう義務なのか？／せっかくの成果を無駄にして　もっと貧しくなるだろう」と移住政策の有効性を疑問視し、「私はここの馴染みだ　私の人生は町にある／私はここで丸々肥えて　いつも喜びの中にある／もし村に住んだなら　骨と皮だけになってしまう」と懸念する。それに対し政治家は、「町を出ることは重要だ　共に村へ移住しよう／恩恵を共に得て　勝者の人生を歩もう」、「みんなで一緒に住むことは　国にとって大変意義のあること／例えば橋を作って　洪水を防ぐことができる／一緒に耕すのも有益だ　経済的成果を上げられる」とお決まりのスローガンを並べるだけである。にもかかわらず若者は最終的に、「鋭い言葉で　説得してくれてありがとう／怠け癖を捨て　鍬の柄を握ろう／そして雑草を抜いて　村に参加しよう／ウジャマー村には　確かに利益がある」と心変わりをするのである（Mnyampala 1970: 38-39）。

　この詩は、その書かれた目的とは裏腹に、若者の懸念の妥当性と、政治家の理想主義の非現実性とを強く印象づける。以下の詩を書いたときのムニャンパラ自身も、この印象に賛同してくれるはずである。『ムニャンパラ詩集』内の詩「農民の苦労」では、農業の困難さが写実的かつ切実につづられる。

　はるか昔から　農業には困難がつきもの／まずは原野を開墾し　枯草を山ほど燃やす／草にまみれ　一日中働きづめだ／
農民の苦労には　忍耐が不可欠

忍耐こそが不可欠　心変わりは許されぬ／毎日夜明け前に目を覚まし／すぐに手に取るのは鍬　あるいは鍬の残骸／農民の苦労には　忍耐が不可欠

森を耕しキビを植え　草原を耕しモロコシを植え／たとえ一段落しても　いびきをかいて眠るなかれ／動物が畑にやってきて　作物を食い荒らす／農民の苦労には　忍耐が不可欠（三連略）

いつ休めるのか　いつこの辛苦が終わるのか／イノシシやサルに　怯えて暮らす苦しみが？／収穫の稼ぎを得る前から　疑念が膨らむばかり／農民の苦労には　忍耐が不可欠

キビがよく実ると　私はひたすら無事を祈る／すべての枝が花をつける時　私の疑いは晴れていく／そして鳥たちが舞い

降りて　私のキビを狙い打ち／農民の苦労には　忍耐が不可欠（一連略）
農民は衰弱し　憐れみを掻き立てる／その顔はやせ衰え　見る影もない／すべての困難は終わり、農民はついに収穫する　みずからの終焉を／農民の苦労には　忍耐が不可欠
（Mnyampala 1965a: 53-54）

ウジャマー村への移住政策は遅々として進まず、一九七〇年代に入ると武力を用いた強制移住が始まる。しかしムニャンパラはタンザニア政治が暴力性を帯びる前、一九六九年に亡くなった。『詩の教え』内の「政治」という詩には、「国民に無理強いするのは、政府のやることではない」という一節がある（Mnyampala 1965b: 5）。ムニャンパラがもう少し長く生き、社会主義政策の失敗を目の当たりにしていたなら、「政権の拡声器」か「庶民の良心」か、どちらの役割を守っただろうか。

ムニャンパラは、時の政権であれ、身近なコミュニティであれ、そこから期待された役割を忠実に演じきった詩人と言えるだろう。そのような詩人を前にしたとき、われわれはつい、詩人自身の思いはどこにあるのかと問いたくなる。しかしスワヒリ語詩において重要なのは個人の思いではなく、詩がその時代や社会において良い影響を与え得るかどうかである。社会情勢が変われば詩の内容も変わる。よって本稿のように、詩人の主張が一貫していないことを指摘するのは野暮なのだろう。

社会主義政策は失敗に終わったが、ンゴンジェラは現在でも教育的娯楽として広く親しまれている。特に教育現場では、子どもたちが保護者等の前で教育的成果を発表するための形式として重宝されている。自由詩の詩人ケジラハビ（本連載第6回〔『理』71号〕参照）は、ムニャンパラの功績を以下のように称えた。「都会の人も田舎の人もあなたの前に腰を下ろす／そしてあなたは彼らを楽しませ、一人一人の聴衆を／ンゴンジェラの詩人へと変えた！」（Kezilahabi 1974: 40）。

（大阪大学　おのだ・ふうこ）

注1　ゴゴ語で「一緒に行くこと」を意味するという（Kyamba 2022: 135）。

参考文献

Kezilahabi, E. (1974) *Kichomi*, Heineman Educational Books.

Kyamba, Anna N. (2022) "Mchango wa Mathias Mnyampala katika Maendeleo ya Ushairi wa Kiswahili", *Kioo cha Lugha* 20(1): 130-149.

Kyamba, Anna Nicholaus (2016) "Muundo wa Mashairi katika *Diwani ya Mnyampala* (1965) na Nafasi Yake katika Kuibua Maudhui" *Kioo cha Lugha* Juz. 14: 94-109.

Mnyampala, Mathias (1965a) *Diwani ya Mnyampala*, Kenya Literature Bureau.

——— (1965b) *Waadhi wa Ushairi*, East African Literature Bureau.

——— (1970) *Ngonjera za UKUTA Kitabu cha Kwanza*, Oxford University Press.

Ndulute, C. L. (1985) "Politics in a Poetic Garb: The Literary Fortunes of Mathias Mnyampala", *Kiswahili* Vol. 52 (1-2): 143-162.

【4～7月の新刊】

『未来の教育を語ろう』
關谷 武司［編著］
A5判 一九四頁 二五三〇円

【近刊】 ＊タイトルは仮題

『宅建業法に基づく重要事項説明Q&A 100』
弁護士法人 村上・新村法律事務所［監修］

『教会暦によるキリスト教入門』
前川 裕［著］

『ローマ・ギリシア世界・東方』
ファーガス・ミラー古代史論集
ファーガス・ミラー［著］
藤井 崇／増永理考［監訳］

KGりぶれっと60
『学生たちは挑戦する』
開発途上国におけるユースボランティアの20年
村田 俊一［編著］
関西学院大学国際連携機構［編］

【好評既刊】

『ポスト「社会」の時代』
社会の市場化と個人の企業化のゆくえ
田中 耕一［著］
A5判 一八六頁 二七五〇円

『カントと啓蒙の時代』
河村 克俊［著］
A5判 二二六頁 四九五〇円

『学生の自律性を育てる授業』
自己評価を活かした教授法の開発
岩田 貴帆［著］
A5判 二〇〇頁 四四〇〇円

『破壊の社会学』
社会の再生のために
荻野 昌弘／足立 重和／山 泰幸［編著］
A5判 五六八頁 九二四〇円

KGりぶれっと59
『基礎演習ハンドブック 第三版』
さぁ、大学での学びをはじめよう！
関西学院大学総合政策学部［編］
A5判 一四〇頁 一三二〇円

※価格はすべて税込表示です。

好評既刊

絵本で読み解く 保育内容 言葉

齋木 喜美子［編著］

絵本を各章の核として構成したテキスト。児童文化についての知識を深め、将来質の高い保育を立案・実践するための基礎を学ぶ。

B5判 214頁 2420円（税込）

スタッフ通信

弊会の刊行点数が五百点に到達した。九七年の設立から二八年かかったことになる。設立当初はまさかこんな日が来るとは思っていなかった。ちなみに東京大学出版会の五百点目は一九六二年（設立一一年目）、京都大学学術出版会は二〇〇九年（二〇年目）、名古屋大学出版会は二〇〇四年（二三年目）とのこと。特集に執筆いただいた草創期からの教員理事長をはじめ、歴代編集長・編集委員の方々、そしてこれまで支えていただいたすべての皆様に感謝申し上げるとともに、つぎの千点にむけてバトンを渡してゆければと思う。（田）

コトワリ No. 75 2025年7月発行
〈非売品・ご自由にお持ちください〉

知の創造空間から発信する
K.G. University Press
関西学院大学出版会
〒662-0891 兵庫県西宮市上ケ原一番町1-155
電話 0798-53-7002 FAX 0798-53-5870
http://www.kgup.jp/ mail kwansei-up@kgup.jp